CALOR DA NOITE

SYLVIA DAY

CALOR DA NOITE

Tradução
Alline Salles

LeYa

Este livro foi revisado segundo o Novo Acordo Ortográfico da Língua Portuguesa.

Título original
Heat of the Night

Preparação
Maitê Zickhur e Nina Lopes

Revisão
Anna Beatriz Seilhe

Diagramação
Abreu's System

Capa
Leandro Dittz

Dados Internacionais de Catalogação na Publicação (CIP)
Angélica Ilacqua CRB-8/7057

Day, Sylvia
Calor da noite / Sylvia Day; tradução de Alline Salles. – São Paulo : LeYa, 2016.
224 p.

ISBN 978-85-441-0379-1
Título original: *Heat of the night*

1. Literatura norteamericana 2. Romance erótico I. Título II. Salles, Alline.

16-0133 CDD 813.6
CDU 82(73)

Índices para catálogo sistemático:

1. Literatura norteamericana

Todos os direitos reservados à
LEYA EDITORA LTDA.
Av. Angélica, 2318 – 13º andar
01228-200 – São Paulo – SP
www.leya.com.br

Para minha família, que tem apoiado tanto minha carreira sem reclamar nada sobre quanto escrevo/trabalho. Publicar nove livros em um ano requer grande esforço de um escritor, e eles pagaram esse preço com muita elegância e amor.

Obrigada por abraçarem meu sonho e adaptarem a vida de vocês a isso. Não há palavras que expressem quanto significa para mim.

Vocês me dão força.

Amo vocês.

Cuidado com a Chave que abre a Fechadura e revela a Verdade.

Capítulo 1

Connor Bruce eliminou o guarda mais próximo com um lançamento perfeito de dardo.

Era para ser instantâneo, porém o tranquilizador demorou um pouco mais para agir. O guarda teve tempo de arrancar o dardo e sacar sua espada antes de revirar os olhos e cair no chão envolvido pelas vestes vermelhas.

— Foi mal, cara — murmurou Connor ao se inclinar sobre o corpo caído e pegar o comunicador e a espada. O homem acordaria apenas com uma vaga sensação de ter dormido, talvez de tédio.

Connor ficou de pé e assobiou um chamado parecido com o canto de um passarinho, que dizia ao tenente Philip Wager que ele fora bem-sucedido na tarefa. O assobio de resposta informava que os outros guardas ao redor do templo também tinham sido neutralizados. Instantes depois, ele foi rodeado por uma dúzia de homens vestidos de cinza-escuro para a batalha, túnicas justas sem manga e calças largas combinando. Connor usava trajes similares, mas eram pretos, representando sua patente de capitão dos Guerreiros de Elite.

— Vocês verão coisas assustadoras lá dentro — alertou Connor, fazendo a espada zunir ao tirá-la da bainha às costas. — Foquem na missão. Temos que descobrir como os Anciões trouxeram o capitão Cross de volta ao Crepúsculo do plano dos Sonhadores.

— Sim, capitão.

Wager mirou um emissor de vibrações no maciço portal *torii* vermelho que anunciava a entrada para o complexo do Templo, confundindo, temporariamente, o sistema de câmeras que gravava os visitantes que chegavam. Connor encarava o arco com uma sensação de horror, confusão e raiva ao mesmo tempo. A estrutura era tão imponente que obrigava todo Guardião a deparar e ler o aviso gravado na linguagem anciã: *Cuidado com a Chave que abre a Fechadura.*

Por séculos, ele e cada membro de sua equipe haviam caçado a Sonhadora que estava profetizada a entrar no mundo deles através do estado de sonho e destruí-los. Ela os enxergaria como realmente eram e entenderia que não se resumiam a um fruto da imaginação, sendo, na verdade, seres reais que viviam no Crepúsculo, para onde a mente humana ia durante o sono.

Contudo, Connor já tinha conhecido a abominável Chave, que não era o espectro da morte e da aniquilação. Era uma veterinária loira, magra mas cheia de curvas, com grandes olhos escuros e um senso profundo de compaixão.

Tudo mentira. Todos aqueles anos perdidos. Felizmente, para a Chave — também conhecida de forma inofensiva como Lyssa Bates —, o capitão Aidan Cross, guerreiro lendário e melhor amigo de Connor, a localizou primeiro. Ele a encontrou, se apaixonou e fugiu com ela para o plano mortal.

Por isso se tornara missão de Connor revelar os mistérios dos Anciões no Crepúsculo, e tudo do que ele precisava saber estava guardado e protegido no Templo dos Anciões.

— Vamos — murmurou ele.

Com o tempo contado com grande precisão, eles avançaram pelo Portal. Dividiram-se em duas equipes que saíram correndo pelas margens do jardim central rodeado por pedras, ziguezagueando por meio dos pilares de alabastro.

O vento soprou suavemente, carregando consigo a fragrância das flores próximas e do gramado. Era o período do dia em que o Templo ficava fechado para o público, e os Anciões se retiravam para meditar. A hora perfeita para invadir e roubar quaisquer informações e segredos que conseguissem.

Connor entrou primeiro no *haiden*. Fazendo sinal com a mão, ergueu três dedos para indicar a direita enquanto ele foi para a esquerda. Três Guerreiros de Elite obedeceram ao comando silencioso e seguiram para o leste da sala redonda.

As duas equipes se moveram pelas sombras, tendo consciência de que qualquer passo em falso permitiria que as câmeras ao redor do perímetro flagrassem a invasão. No centro daquele espaço amplo havia bancos dispostos em fileiras formando semiluas que ficavam diante da entrada de pilares pela qual acabaram de passar. Com muitos andares, era um número tão grande de bancos que os Guardiões perderam a conta dos Anciões que administravam aquele lugar há tanto tempo. Aquele era o coração do mundo deles, o centro da lei e da ordem. A base do poder.

Reencontrando-se no corredor do meio que tinha passagem para o *honden*, Connor parou, e os outros esperaram seu comando. O corredor para o setor leste levava aos quartos dos Anciões. O que virava à direita dava para um jardim de meditação isolado e a céu aberto.

Essa galeria central era onde as coisas ficavam tensas. Depois de sua primeira — e única, até o momento — invasão ao Templo, ele estava preparado. Mas seus homens não.

Olhou para eles com uma sobrancelha arqueada, advertindo-os em silêncio para se lembrarem de seu alerta anterior. Os homens assentiram de forma sombria, e Connor seguiu em frente.

Conforme andavam, uma vibração sob seus pés chamava a atenção de todos para o piso. A pedra brilhava e se tornava translúcida, dando a impressão de que o chão havia se desintegrado e que eles estavam prestes a cair em um manto infinito de estrelas. Connor tateou a parede por instinto, cerrou os dentes, até que a visão do espaço se fundiu em um caleidoscópio de cores.

— Mas que porra... — Wager ficou sem ar.

Connor dissera exatamente a mesma coisa na primeira vez que andara por esse corredor. Cada passo ondulava as cores, sugerindo que, seja lá o que fosse, reagia à presença deles.

— Isso é real? — sussurrou, tenso, o cabo Trent. — Ou é um holograma ou alguma coisa do tipo?

Erguendo a mão, Connor lembrou que os homens deviam permanecer em silêncio. Ele não fazia ideia do que era aquilo. Sabia apenas que não podia olhar para aquela coisa ou a vertigem o deixaria enjoado.

Eles passaram pela biblioteca Anciã particular e chegaram à sala de comando. Havia um Ancião lá, um sentinela solitário perdido num vasto espaço dominado por paredes altas que serviam de base para um painel de controle e botões luminosos. Como era costume dos Anciões, ele fora deixado para trás enquanto os outros se retiravam durante a tarde, e isso o transformara na infeliz vítima de um dardo tranquilizador no pescoço. Connor arrastou o corpo inconsciente do homem para o lado com o intuito de permitir que Wager tivesse acesso ao painel de controle semicircular.

— Vou virar as câmeras para que você não seja gravado — disse o tenente.

Wager se aproximou e começou a trabalhar, com as costas esticadas e as pernas levemente separadas, compenetrado em sua tarefa. Com o cabelo comprido e preto e seus olhos cinza-escuros, tinha uma aparência renegada que combinava com sua reputação de pavio curto. Por causa de sua natureza volátil, ocupara o cargo de segundo tenente por séculos a mais do que deveria. Fazia pouco tempo que Connor o havia promovido a primeiro tenente, por todo o bem que ele fizera. Os dois eram insurgentes, tendo deixado os sancionados regimentos de Guerreiro de Elite para comandar a facção rebelde.

Confiante na habilidade de Wager para administrar a base de dados de busca, Connor deixou dois vigias na entrada e levou mais dois homens com ele para fazer uma busca física pelo local. Não fazia muito tempo que ele invadira o Templo com apenas Wager lhe acobertando. Porém, a recente invasão obrigara os Anciões a aumentar o número de guardas, o que, em troca, forçou Connor a entrar no complexo com doze homens. Seis do lado de fora e seis dentro.

Eles seguiam a passos largos e rápidos pelo corredor, evitando olhar para o caleidoscópio giratório no chão. A luz entrava pelas claraboias do teto e pela porta no fim do corredor, iluminada pelo sol, dava para ver a extremidade do jardim de meditação.

Quando chegaram à porta, Connor gesticulou para um homem entrar.

— Nada fora do normal.

O rapaz assentiu e entrou no cômodo sem porta, preparado e com a espada na mão. Connor repetiu o processo com o segundo soldado e continuou seu caminho sozinho. Entrou no próximo quarto.

Era escuro, nada incomum, considerando que estava desocupado, mas foi estranho a luz não ter acendido quando ele entrou. A única iluminação que lhe permitia enxergar vinha do corredor.

O centro do cômodo estava vazio, mas estantes de metal com rodinhas ocupavam as paredes. Havia um cheiro medicinal no ar e ele notou uma porta metálica aparafusada numa das paredes, o que fez os pelos da sua nuca se arrepiarem. Havia uma janelinha na parte superior daquela barreira sólida, mas ele não sabia se aquilo servia para alguém observar de fora ou de dentro. De qualquer forma, aquela porta era seriamente desafiadora e significava que, seja lá o que estivesse do outro lado, era importante.

— O que será que tem ali? — perguntou ele em voz alta.

Connor se aproximou do controle sensível ao toque no canto da sala e começou a teclar rapidamente uma sequência. Era necessário que as benditas luzes se acendessem para que ele pudesse ver com o que estava lidando. Poderia obter alguma vantagem naquele momento, e conseguir um item valioso para chantagear seria muito bom.

Um dos vários comandos que ele apertou fez o painel emitir um breve som e, em seguida, o lugar começou a se iluminar lentamente.

— Isso!

Ele sorriu e se virou, analisando o pequeno cômodo com chão de pedra e paredes brancas lisas.

O chiado agudo de abertura da pressão hidráulica o fez se virar. De algum jeito, conseguiu fazer a porta se abrir também, o que facilitava tudo.

O que aconteceu em seguida ficaria para sempre na memória de Connor. Houve um rugido que parecia fruto de raiva misturada com medo, então a porta pesada se abriu com uma força tão explosiva que atingiu a outra parede.

Com a espada empunhada, Connor estava pronto para lutar. Mas não estava preparado para ver o que surgiu e o atacou, um corpo que parecia ser de um Guardião, mas que tinha olhos pretos por completo, sem a parte branca, e dentes terrivelmente afiados.

Connor ficou imóvel, horrorizado e confuso. Era uma ofensa gravíssima matar outro Guardião e, até onde sabia, não cometiam nenhum assassinato havia séculos. Foi isso que o deixou paralisado, de forma que não se defendeu do impacto violento que o derrubou no chão. Algo que nunca tinha acontecido porque ele era muito grande.

— Porra! — xingou quando aterrissou com força no chão.

Aquela coisa estava em cima dele, era um homem de tamanho considerável dominado por uma ferocidade inexplicável. Rosnava e lutava como uma besta raivosa. Connor se jogou para o lado, rolando para deixar a mão livre. Apertando o pescoço do agressor, ele usou a outra mão para desferir socos brutais, e com isso deveria ter nocauteado o inimigo. Sentiu um osso da mandíbula quebrar em sua mão e o nariz estilhaçar, mas nem os machucados nem a privação de ar pareciam afetá-lo.

No fundo, um medo traiçoeiro se contorcia dentro de Connor. Aqueles olhos negros emanavam uma loucura incômoda e garras afiadas rasgavam a pele de seus antebraços. Como é possível derrotar um inimigo sem consciência?

— Capitão!

Connor nem ergueu os olhos. Ele rolou novamente e esticou o braço, passando-o por cima de seu agressor, e o agarrou pelo pescoço. Uma espada chiou pelo ar e cortou o topo da cabeça do homem, espalhando sangue por tudo quanto era canto.

— Que porra era essa? — gritou Trent, parado bem acima da cabeça de Connor com a lâmina assassina em mãos.

— Não faço ideia.

Connor jogou o cadáver para o lado. Olhou para si mesmo com nojo, tocando com o indicador a gosma que cobria seu corpo. Era grossa e preta, com a mesma aparência e cheio de sangue coagulado. Seu olhar se voltou para o corpo que tinha um rosto, das sobrancelhas para baixo, intacto. A pele era de um tom pálida doentio e os ossos estavam aparentes. Nas mãos e nos pés havia garras compridas e grossas, como de um réptil. Porém, o mais assustador eram os olhos tingidos de preto, sem vida, e a boca escancarada. Esses detalhes transformavam um homem com aparência moribunda e esquelética em um predador formidável.

Vestia apenas uma calça larga manchada e rasgada. No dorso da mão havia uma marca: "HB-12". Deram uma rápida olhada na cela de onde aquilo escapara e notaram a parede grossa metálica que tinha sido literalmente arrancada.

— Seu quarto é, definitivamente, mais interessante que o meu — disse Trent. A frivolidade de sua declaração fora arruinada por sua voz trêmula.

Connor se esforçava para respirar, mais devido à sua raiva do que pelo empenho na briga.

— É exatamente esse tipo de merda que causou a rebelião!

A maioria diria que liderar uma revolução era contra sua natureza tranquila, e tinha razão. Droga, ele ainda não conseguia acreditar que tinha dado aquele passo. Mas havia muitas perguntas e todas as respostas que tinha não passavam de mentiras. É, ele era um homem que gostava de coisas dolorosamente simples — *vinho, mulheres e porradaria*, como costumava dizer —, mas não tinha dificuldade em assumir a responsabilidade e resolver as coisas quando necessário.

Era seu trabalho proteger os outros, tanto os Sonhadores quanto os Guardiões mais gentis. Havia milhares de pessoas, todas divididas em algumas especialidades. Cada Guardião tinha uma força. Alguns eram gentis e ofereciam conforto aos Sonhadores aflitos. Outros eram brincalhões e invadiam sonhos de heróis ou chás de bebê. Havia os Sensuais, os Curandeiros, os Educadores e os Desafiadores. Connor era da Elite. Ele matava Pesadelos e defendia seu pessoal. Se também tivesse que proteger todos dos Anciões, faria isso.

— Agora não tem mais como fingir que o Templo não foi invadido — comentou o cabo.

— Não — concordou Connor —, não tem como.

Mas não se importava muito com isso. Na verdade, queria que os Anciões soubessem que seus segredos não estavam seguros. Queria que ficassem espertos, que se sentissem tão perturbados e desconfiados quanto ele. Deviam muito a Connor, no mínimo por terem pedido para que ele arriscasse a vida por uma causa falsa.

Wager entrou correndo no cômodo seguido por mais dois homens da Elite.

— Uou! — disse ele, escorregando na gosma até conseguir se equilibrar. — Que merda é essa?

— Não sei, porra. — Connor franziu o nariz.

— É — concordou Wager. — Isso fede. Provavelmente foi o que acionou o alarme no painel. Meu palpite é que os reforços já estão vindo, então é melhor darmos o fora daqui.

— Conseguimos alguma coisa útil na base de dados? — perguntou Connor, pegando a toalha de uma das estantes na parede. Esfregou-a na pele arranhada e nas roupas rasgadas para remover o que desse da substância impregnada que mais parecia sangue.

— Baixei o que consegui. Demoraria uma eternidade baixar tudo, mas tentei focar nos arquivos que pareciam mais intrigantes.

— Deve bastar. Vamos.

Ao sair, tomaram o mesmo cuidado que tiveram na entrada, esquadrinhando os arredores com cautela. Mesmo assim, ninguém viu o Ancião de robe cinza-escuro camuflado nas sombras.

Estava em silêncio e sem chamar atenção. Sorrindo.

Capítulo 2

— Onde está o tenente Wager? — perguntou Connor, observando a caverna submersa que servia de base para a facção rebelde no Crepúsculo.

Acima de suas cabeças, centenas de telas minúsculas mostravam diversas cenas como nos filmes, vislumbres das mentes abertas de milhares de "Médiuns": Sonhadores trazidos ali sem dormir. Pairavam no Crepúsculo, mais acordados do que dormindo, mas sem entenderem direito que estava acontecendo.

Os humanos chamavam aquele processo de indução forçada de pensamento subconsciente de "hipnose". Independentemente do nome atribuído, o destino era a caverna. Ali, os Anciões os observavam e impediam que os Pesadelos utilizassem os fluxos de pensamentos subconscientes para chegar ao plano mortal.

— Lá atrás, senhor — respondeu o guerreiro de Elite que fazia guarda na frente da piscina, a única entrada ou saída física.

Assentindo, Connor se virou e seguiu pelo corredor de pedra. Esculpido no coração da montanha, o lugar parecia não ter fim e as portas de arco iguais em cada lado o tornavam confuso. Havia milhares de portas como essas. Todas com tubos de vidro, que mantinham os Anciões em treinamento em estado de êxtase. Seus homens ainda tinham que descobrir quem eram ou por que estavam presos daquele jeito.

Francamente, Connor achava tudo aquilo assustador, e, tremendo, percebeu que vivera séculos sem saber de nada do próprio mundo ou dos Anciões que o administravam. Ficava enojado ao pensar como fora teimoso quando Aidan lhe pediu que acreditasse em coisas sem explicação. Ele tinha se recusado a ver os sinais que incomodaram seu amigo por tanto tempo.

Os passos das botas de Connor ecoavam com ritmo enquanto ele percorria a distância até seu segundo comandante com passos rápidos e agitados. Logo, os sons da sala maior desapareceram. Infelizmente, descrever aquela sala como "maior" só era possível ao compará-la com as de baixo.

O espaço era mesmo bem pequeno, tendo sido construído para uma ocupação confortável de apenas três Anciões em treinamento. A caverna principal era limitada por um painel em meia-lua e a enorme tela, com imagens piscando rapidamente. Dependendo do ângulo, o Guardião conseguiria ver a sala de baixo pela tela, que era um espaço cheio de rastros de passagem e feixes de luz em movimento que representavam fluxos do pensamento subconsciente.

Bufando, Connor se lembrou, pela milésima vez, de que ainda não tinha captado todo o conceito do Crepúsculo. Aidan importunou seu professor na Academia de Elite com infinitas perguntas sobre de que lugar eles tinham vindo e onde estavam naquele instante. A explicação mais simples que Connor ouvira era que deveria imaginar o Crepúsculo como se fosse uma maçã. O espaço é o buraco no meio feito por uma minhoca, ou um "buraco de minhoca". Em vez de sair do outro lado, os Anciões encontraram um jeito de deter os Guardiões ali dentro. Chamavam de bolso do Crepúsculo. Connor nomeava como confusão.

— Wager! — gritou ele ao passar por uma das portas arqueadas e encontrar o tenente concentrado no painel.

O homem mais jovem se sobressaltou, depois o fuzilou com o olhar.

— Você me assustou!

— Sinto muito.

— Não sente, não.

Connor sorriu.

— Não sinto mesmo. Já cumpri minha cota de sustos hoje. É a sua vez.

Balançando a cabeça, Wager ficou de pé e espreguiçou o corpo magro e alto.

— É bom ver você sorrindo.

Cruzou os braços e ficou parado com as pernas semiabertas. Era um rapaz bonito, com uma sensualidade que as Guardiãs descreviam como *bad boy*.

Mulheres. Adoravam encrencas.

— Não há nenhum motivo para sorrir. Alguma aberração da natureza me atacou hoje, meu melhor amigo fugiu com a Chave e preciso foder.

Wager jogou a cabeça para trás e riu.

— Aposto que as damas também estão sentindo sua falta. Ouvi dizer que andam escrevendo poemas sobre seu vigor e na Noite das Mulheres comparam as anotações.

— Até parece.

— Pode acreditar. Morgan chama você de "deus de ouro com a vara dourada".

Connor sentiu o rosto queimar e automaticamente passou a mão pelo cabelo loiro comprido demais.

— Você só diz besteira. Ela não ia falar uma coisa dessas para você.

Wager levantou as sobrancelhas negras.

— Morgan?

Uma imagem da Guardiã brincalhona de olhos escuros surgiu na mente de Connor. Seus lábios se curvaram, pesarosos.

— É, acho que iria.

— Primeiro, Cross desaparece, agora você está exilado... Aposto que há muitos corações partidos.

— Você é popular.

— Tenho meu charme — falou o tenente, fazendo uma pausa entre as palavras.

— Às vezes, enquanto espero Cross se conectar ao Crepúsculo, olho para os fluxos das Sonhadoras e penso seriamente em entrar em um. Só por meia hora, ou menos.

A alegria de Wager se desvaneceu na mesma proporção que o fazia ser um guerreiro extremamente bom.

— Como está o fluxo do capitão Cross? Já está chegando mais claro?

— Não. — Connor coçou a nuca. — Continua sombrio. Estou achando que tem alguma coisa a ver com o fato de que o fluxo de passagem dele se conecta àquela planície árida em vez de com o Vale.

O subconsciente da maioria dos Sonhadores se conectava ao Crepúsculo no Vale dos Sonhos. Eles tocavam a vida dos Guardiões através dos feixes de luz dourados que vinham do solo do vale e perfuravam o céu enevoado até não poderem mais ser vistos. Os fluxos variados dos pensamentos do subconsciente se espalhavam além do que os olhos eram capazes de alcançar.

— Na verdade, acho que isso é a manifestação do problema, não a causa. — Quando Connor ergueu a sobrancelha, Wager explicou melhor: — Como somos fisiologicamente distintos dos humanos, acho que nossas ondas cerebrais funcionam em outro comprimento de onda, de forma muito diferente. É isso que faz o fluxo de passagem de Cross se conectar ao Crepúsculo em outro lugar e chegar com uma intensidade degradada.

Quando Aidan entrou no estado de sonho, chegou em um fluxo azul. Enquanto os outros estavam claros o bastante para serem analisados, quase como se fossem vistos através de uma cachoeira transparente, Aidan apareceu *enevoado*, feito um canal de televisão com recepção ruim.

— Ok. — Connor soltou o ar. — Isso dá uma nova perspectiva às coisas.

— É claro.

— O cabo Trent disse que você tinha novidades para mim.

— Sim. — Wager jogou os ombros para trás para aliviar a tensão.

Connor ficou arrepiado.

— Deixe-me adivinhar. Não é nada bom.

— Usando a informação que consegui na base de dados, entrei no Templo e encontrei uma referência com "HB-9".

— Aquela coisa no Templo estava marcada com "HB-12".

— Eu vi. — Os lábios do tenente se franziram de forma sombria — Infelizmente, o arquivo que tinha a informação do Projeto HB estava incompleto, porque o download foi interrompido.

— Merda. — Connor fez uma careta. — *Projeto HB?* O que significa isso?

— Signfica que aquela coisa fazia parte de um projeto maior, mas não tenho como afirmar quão grande é.

— Caralho. — Connor ficou com vontade de bater em alguma coisa. — Se há mais daquelas aberrações soltas por aí, então nós temos problemas.

— Para dizer o mínimo.

— Preciso avisar Cross.

— Sim. — Wager assentiu levemente. — E como ele não lembra o que lhe contamos nos sonhos, você terá que fazer isso ao vivo.

— *O quê?* — Connor ficou boquiaberto. — Está louco?

— Você viu a coisa — argumentou o tenente —, e lutou com ela. Isso lhe dá vantagem. Trent é o único outro membro da Elite que a viu em ação e você sabe que ele não está preparado para uma missão como essa.

Connor resmungou e começou a andar de um lado para outro na sala de parede de pedra.

— Pense nisso, capitão. Você confia em mais alguém para relatar a gravidade da situação para Cross? Eu não.

— Confio em você.

Wager ficou imóvel, e em seguida pigarreou.

— Obrigado, senhor. Fico feliz em ouvir isso, sabe. Mas precisa de mim aqui, analisando os arquivos que baixamos da base de dados, e você e o capitão Cross têm uma dinâmica única. Por séculos, mantiveram a Elite na linha, com moral alta e baixos índices de acidente. E são amigos. Acho que, em um novo mundo, possivelmente lutando contra um novo inimigo, precisarão desse apoio para serem bem-sucedidos.

— É uma má ideia enviar o oficial de patente mais alta para longe das tropas. Não gosto disso. Nem um pouco.

Connor olhou para o Ancião em treinamento dormindo abstraído no tubo de vidro próximo. Sua cabeça pendia, o queixo encostando no peito, seu corpo ereto sem qualquer dispositivo visível. Tinha cabelos escuros e era muito jovem. Não muito mais que um adolescente, Connor chutaria.

— Também não gosto, mas estes são os fatos: sou a melhor pessoa para pesquisar a base de dados e você é o melhor para trabalhar com Cross. Se não fizermos isso, estaremos acabando com as duas missões antes mesmo de começarem. Não podemos correr esse risco.

— Droga, eu sei. — Connor passou as mãos pelo cabelo. — Não estou discutindo isso. É só o princípio da coisa que me incomoda.

— Entendo que não está discutindo. Sei que só estou dizendo em voz alta seus pensamentos. Francamente, eu queria ir. — Wager sorriu, com os olhos acinzentados brilhando com uma diversão irônica. — Eu gostaria de encontrar certa Sonhadora.

— Sem chance.

Wager deu de ombros.

— Mas é você quem deve ir. Sou mais do que capaz de administrar as coisas por aqui.

— Eu sei. — Connor suspirou. — Você deveria ter sido promovido há muito tempo.

— Disso eu não tenho tanta certeza — disse o tenente com tranquilidade. — Meus sentimentos atrapalham mais do que deveriam. Estou conseguindo me controlar, mas precisei de séculos para chegar nesse nível.

Connor se virou em direção à passagem do arco.

— Vou falar com os homens. Encontre um Médium no sul da Califórnia para mim.

— Capitão? — chamou Wager.

— Pois não?

— Sobre voltar para cá...

Cerrando o maxilar, Connor ergueu as sobrancelhas, incentivando-o a prosseguir.

— Descobri outra coisa. Quando entramos de propósito no fluxo do pensamento subconsciente de um humano, deixamos um rastro que pode ser usado para "puxar" de volta o Guardião.

— Foi assim que os Anciões trouxeram Aidan de volta?

— Aparentemente, sim. Se for necessário, podemos puxá-lo da mesma forma. Mas... o Médium sofre danos no processo.

— Danos?

— É fatal para os humanos — disse o tenente, cruzando os braços e se acomodando com mais firmeza nos calcanhares, uma postura que Connor já reconhecia como preparação para uma tarefa difícil.

— Ataque cardíaco, cardiomiopatia dilatada... O resultado é "morte súbita".

— Merda. — Connor se aproximou da coluna do arco, onde se recostou. — Por isso que não é um meio viável de viajar entre os planos.

— Suspeito que seja por essa razão que não migramos para lá — concordou Wager —, só em pequenas quantidades. Teríamos que deixar guardas para trás com o intuito de evitar que os Pesadelos utilizassem fluxos de passagem. Nenhum grupo de guerreiros iria querer essa função para sempre e teríamos que deixar, no mínimo, um batalhão a postos para conter o fluxo de Pesadelos do Portal e proteger o Vale.

— Mas não poderíamos libertá-los porque viajar e em seguida voltar mataria milhares de Médiuns.

— É verdade.

Todo Guardião entendia sua responsabilidade. Seu lar havia sido invadido por Pesadelos, uma raça de parasitas sombrios evanescentes. Os Anciões criaram uma fissura no espaço abreviado, que funcionava como um portal para o plano de ligação entre a dimensão humana e a que os Guardiões foram obrigados a deixar para trás. Os Pesadelos os seguiram rapidamente, forçando a passagem por uma barreira formidável — o Portal — e centenas de Guerreiros de Elite.

— Nós erramos ao deixar os Pesadelos entrarem. Não podemos piorar a situação matando-os ou dominando seu mundo.

Assentindo de modo sombrio, o olhar de Connor se dirigiu para a outra sala, enquanto seu cérebro tentava organizar sua partida. Talvez ele nunca voltasse a ver o lugar. Há alguns minutos, isso seria maravilhoso. Mas, naquele instante, ele não tinha tanta certeza. Sentia o cheiro azedo do ar úmido e apertava a pedra áspera em sua mão, e essas sensações não lhe deixaram mais seguro. Sentia-se totalmente perdido.

— Entendo. Precisamos dos humanos vivos.

— Sim, porque é nossa obrigação, mas também para nossa sobrevivência. Iríamos destruir a cadeia alimentar, desregulando a ordem de predação. Com o tempo, eles seriam extintos e matar toda uma geração traria consequências potencialmente aniquilatórias para a Terra. E isso seria capaz de acabar com a galáxia deles e mais um pouco. Poderíamos ver um...

— Uou! — resmungou Connor, erguendo as mãos em um gesto de defesa. — Cérebro sobrecarregado. Já entendi a ideia.

— Desculpe.

— Não peça desculpa. Vamos sobreviver a isso. A Elite sempre consegue.

Endireitando-se, Connor inspirou fundo e focou a mente na tarefa.

— Encontre um Médium no sul da Califórnia. Vou me preparar e explicar a missão para os outros.

— Sim, senhor. — Wager fez uma continência.

Connor respondeu com o mesmo gesto, então se virou e saiu.

Ele encarou os feixes de luz dourada e respirou fundo. Lembrou que Aidan fez exatamente a mesma viagem há apenas algumas semanas. Se ele conseguiu, Connor também seria capaz.

Mas Cross não era feliz aqui, sussurrou uma voz em sua cabeça. Diferentemente de Connor, que sempre esteve satisfeito.

— Está pronto, capitão?

Ele olhou atráves do monitor de vidro para o painel onde Wager trabalhava e assentia, sério.

— O feixe logo à sua direita vai levar você a um Médium em Anaheim, na Califórnia, que fica mais ou menos a uma hora de Temecula, onde o capitão Cross está morando com Lyssa Bates.

— Está bem.

— Esses feixes funcionam de maneira diferente daqueles dos Sonhadores.

Wager se recostou na cadeira, com a feição tensa. Fios longos de seu cabelo escuro escapavam da trança. Ele tinha uma aparência nada compatível com sua natureza clássica: parecia mais um motoqueiro do Hells Angels do que um nerd da computação.

— Estão em movimento. Você vai saltar no subconsciente deles e se guiar até o plano de existência. Sua aparência lá irá causar uma perturbação temporária, o que provocará um nó no tempo.

— Um nó? — Connor franziu o cenho.

— É, uma grande desaceleração. Um segundo para eles será como um minuto para você. Não tenho certeza de como você vai se sentir em relação a isso. Acho que não muito bem. Mas, se apressando, vai conseguir partir sem ser notado. Do contrário, para os humanos, em um segundo você não estava lá e, no outro, passa a estar. Isso será difícil de explicar, então, no seu lugar, eu não seria otimista.

— Sem problemas. Vou sair de lá rápido.

— Conseguirei seguir você pelos seus sonhos, do mesmo jeito que ficou se encontrando com o capitão Cross nos dele.

Connor fez sinal de positivo. Era o melhor que conseguia sob aquelas circunstâncias. Tinha um nó muito grande na garganta que o impedia de falar.

Apesar dos vários séculos de vida, na maior parte do tempo, ele não se sentia tão mais velho do que quando se formou na Academia da Elite com Aidan. É claro que não conseguia mais foder a noite toda e acabar com Pesadelos no dia seguinte sem se sentir acabado. Porém, isso era mais uma afronta a seu orgulho masculino do que um sinal da idade.

Naquele momento, no entanto, sentia cada um de seus anos.

Wager soltou o ar.

— Eu te admiro muito, Bruce. Acho que estou mais nervoso do que você.

— Não, só estou disfarçando melhor. — Ele se virou e encarou o feixe de luz. Sua espada estava presa às costas e ele usava um uniforme limpo. Estava mais pronto do que nunca. — Vejo você do outro lado.

E então pulou.

Bestas selvagens arrancavam seus membros e martelavam sua cabeça em uma rocha.

Pelo menos era assim que Connor se sentiu até voltar, lentamente, a ter senso de consciência. Precisou de toda sua energia para apenas levantar a cabeça. Manter os olhos abertos era quase impossível. Piscando, tentou focar para descobrir onde tinha ido parar.

Estava tudo escuro, exceto por minúsculos pontos de luz coloridos brilhando no céu noturno. Sentia um cheiro forte, superpoderoso. Almiscarado, defumado, nauseante. Seu estômago se revirou, depois de reclamar. Parecia que seu crânio estava com defeito. Os dentes doíam. A raiz dos seus cabelos pinicava e ardia.

Ele estava morrendo. Lógico que alguém se sentindo tão terrível não poderia estar vivo. Era impossível.

O cérebro de Connor estava sendo invadido por um pensamento doloroso, motivado por puro instinto de sobrevivência.

... em um segundo você não estava lá e, no outro, passa a estar... Isso será difícil de explicar...

Ele não tinha certeza se haveria alguém para quem explicar. Pelo jeito, viajara pelo feixe de luz e fora direto para a dimensão do inferno. Estava prestes a vomitar, por causa do fedor.

Levantando o tronco, Connor conseguiu ficar ajoelhado e, então, ergueu o corpo. Tudo girava ao seu redor. Ele resmungou e apertou a barriga.

— Porra.

Olhou em volta com a visão embaçada. Aos poucos, tudo foi se tornando nítido. Uma linha estreita de luz apareceu, Connor se esticou para pegá-la... e imediatamente caiu para trás, estatelado no chão. Era uma cortina, e, quando ele a afastou do caminho, encontrou um enorme salão de convenções. As pessoas estavam ali, perto demais, de forma que era impossível, paralisadas em um único instante.

Era a convenção de alguma coisa de ficção científica. Alguns funcionários estavam totalmente fantasiados, vestidos desde alienígenas até robôs.

Olhando por cima do ombro, Connor observou a sala. Ele estava em uma pequena tenda improvisada, imersa na escuridão. O chão era duro e frio, mas coberto com uma lona áspera. Havia uma mesa redonda drapeada com um material preto. Logo acima, tinha um globo que criava uma luz refletora que ele então percebeu ser o teto. Uma mulher estava deitada em uma mesa acolchoada, com os olhos fechados, perdida no estado hipnótico que o trouxera até ali. Connor suspeitava que ela havia sido "hipnotizada" pelo homem agachado que visivelmente roubava dinheiro da bolsa dela.

Resmungando com desgosto, Connor deu um passo com seus pés instáveis e tentou não respirar pelo nariz. Arrancou a carteira do bolso de trás do cara e roubou todo o dinheiro dali.

— Carma, seu imbecil.

Depois se afastou o mais rápido que suas pernas trêmulas permitiram. Havia um zumbido discreto no ar, o som de palavras se formando em seus estados mais infantis. Como ele conseguiu passar pela multidão foi um mistério. As essências do mundo humano o atacavam. Cheiros falsos, como os de perfume. Aroma de comida. Odor corporal.

No Crepúsculo e na subconsciência dos Sonhadores, essas percepções eram latentes ou quase nulas. Não como na realidade. Na saída, Connor foi obrigado a parar diante de uma lata de lixo para vomitar.

Não gostou dali. Seu coração doía. Queria ir para casa, lugar que amava e do qual já sentia muita falta.

Em vez disso, abriu as portas de vidro do Centro de Convenção de Anaheim e saiu para seu novo mundo.

Stacey Daniels sabia que a cena de estar sentada no sofá se debulhando em lágrima era ridícula. Deveria estar animada por ter um tempo só para si mesma.

— Eu deveria estar marcando de fazer a unha e cortar o cabelo — murmurou ela.

Deveria estar ligando para o motorista gostoso que entregou os produtos farmacêuticos no Hospital Bates para Todos os Animais onde ela trabalhava. Ele havia lhe dado seu cartão com o número de telefone após semanas de paquera. A piscadela que acompanhou o gesto tornou a oferta algo além dos negócios.

— Eu poderia estar desejando uma noite de muito sexo selvagem sem regras. — Ela fungou. — Droga, eu poderia estar *fazendo* sexo selvagem agora mesmo.

Em vez disso, estava infeliz, chorando porque seu ex-namorado parasita havia, enfim, levado o filho deles para passear durante todo o fim de semana. Era lamentável e um pouco doentio, mas ela não conseguia superar.

Afundando-se no sofá da sua melhor amiga, Stacey olhou em volta e ficou aliviada por sua chefe, Lyssa Bates, ter permitido que ela cuidasse do seu apartamento. Não sabia como conseguiria ficar na própria casa sem Justin por lá. Seria muito solitário. Pelo menos, Lyssa tinha peixe e um gato, apesar de Jelly Bean ser o felino mais malvado que já conhecera. Uma besta mal-humorada, ranheta, que vivia balançando o rabo e que, no momento, estava sentado no braço do sofá lançando-lhe um olhar diabólico. Mesmo assim, até essa companhia desagradável era melhor do que estar sozinha.

É claro que Stacey percebia com exatidão como era solitária. Em algum momento, parou de se enxergar como mulher e começou a se ver apenas como “a mãe de Justin”, o que não era saudável, conforme sua reação desta manhã comprovara muito bem. Não tinha ideia do que fazer sozinha. Isso não era triste?

Você tem o direito de estar brava, dizia o diabinho em seu ombro.

Ela se matava de trabalhar para conseguir pagar tudo sem receber um centavo de pensão e era Tommy que levava Justin para esquiar pela primeira vez. O pai passou a ser "legal" e teria o privilégio de ver o rosto de Justin se encher de alegria e fascínio. Tudo porque há um ano em Reno, ele não via a hora de gastar a nota de vinte dólares que tinha no bolso. Dinheiro que usaria sem pensar para apostar que os Colts participariam do Super Bowl.

— Dinheiro que ele deveria ter *me* dado — gritou ela —, para que eu pudesse colocar gasolina no carro, ir ao trabalho e sustentar o *nosso* filho.

Era tão injusto. Fazia quase dois anos que ela juntava dinheiro para ir à Big Bear, e Tommy havia arrancado isso dela em dois minutos. Do mesmo jeito que sua vida fora arrancada quando engravidou durante a faculdade.

Sabe que sempre pode abortar, dizia ele, de um jeito infantil. *Temos nossa vida inteira pela frente e anos de estudo. Você não pode ter um bebê.*

— Babaca — resmungou.

Ela teve que parar de estudar e viver da ajuda do governo. Tommy dissera que foi uma escolha sua e lhe desejou boa sorte, até mais. Não queria estar na pele dela. Ele se formou e se tornou um roteirista assíduo que tinha dinheiro suficiente para ir a festas, mas não para sustentar o filho. Ela teve diversos empregos temporários até se estabilizar em um que pagasse bem e fosse digno de respeito no hospital veterinário com Lyssa.

Stacey pegou um lenço da caixinha ao eu lado e assoou o nariz. Era ridículo e egoísta proibir Justin de fazer a viagem que ele tanto queria porque não seria ela a levá-lo. Tinha consciência disso, mas, mesmo assim, não a fazia se sentir melhor.

A campainha tocou e Stacey virou a cabeça na direção do hall. Se ela estivesse na própria casa teria ignorado, mas estava na de Lyssa, cuidando de seus bichos de estimação, enquanto a chefe curtia breves férias com seu noivo no México, por isso, também precisava receber suas correspondências.

Resmungando baixinho, Stacey se levantou e percorreu o tapete bege e macio da sala até o hall de entrada de mármore. JB miou e a seguiu, ronronando de forma demoníaca. Ele detestava visitas. Bom, detestava praticamente todo mundo, mas, em especial, pessoas desconhecidas.

A campainha tocou de novo, impaciente, e ela gritou:

— Espere! Estou indo. — Stacey virou a maçaneta e abriu a porta. — Você precisa esperar um minuto para uma mulher...

Havia um Viking parado na soleira da porta de Lyssa.

E ele era devastadoramente maravilhoso.

Capítulo 3

JB interrompeu seu ronronar, assim como Stacey interrompeu sua frase.

Boquiaberta, ela observou com atenção o gigante loiro que preenchia cada centímetro da porta. Ele tinha, no mínimo, 1,90m de altura, com uma espada aparecendo por trás de seu ombro esquerdo e um peitoral musculoso que deixaria o ator Dwayne Johnson, The Rock, com inveja. Seus braços eram grandes, definidos com músculos que chegavam a esticar sua pele dourada. Usava uma túnica com gola V sem manga e preta, que parecia uma pintura, e uma calça estreita no quadril e larga nas pernas. E usava botas que pareciam feitas para lutar na guerra.

— Uau — murmurou ela, realmente impressionada.

O homem era muito, muito, muito gostoso. Mandíbula esculpida, uma boca de pecador, sobrancelhas que o deixavam com um ar arrogante e um nariz perfeito. Na verdade, tudo nele era perfeito. Pelo menos as partes que ela conseguia ver. Maravilhoso de um jeito que era difícil definir. Havia algo diferente nele: seria o carisma físico ou, talvez, uma sensualidade estrangeira? Ela não sabia o que o tornava tão único, só sabia que nunca tinha visto homem mais lindo na vida.

Não era lindo no sentido "fofo". Era lindo como as montanhas rochosas ou a selva africana. Bronco e destemido. Inspirador de forma completamente intimidadora. E, como estava intimidada, Stacey fez o que algo em que era ótima. Ganhou coragem.

Empinou o quadril para encostar no batente da porta e lançou-lhe um sorriso reluzente.

— Oi.

Os olhos azuis e brilhantes ficaram arregalados, depois se semicerraram.

— Quem é você? — perguntou o homem. Sua voz ressoava com um tom delicioso e cheio de charme, apesar de sua atitude.

— Prazer em conhecê-lo também.

— Você não é Lyssa Bates — reclamou ele.

— Droga. O que me entregou? Foi o cabelo curto? A bunda grande? — Ela estalou os dedos. — Já sei! Não sou linda de morrer e toda sarada.

Ele ergueu o canto da sua boca suculenta. Tentou disfarçar, mas ela percebeu.

— Querida, você é linda e sarada, mas não é Lyssa Bates.

Stacey tocou o próprio nariz, com plena consciência de que deveria estar parecendo a Rena do Nariz Vermelho, Rudolph, e exibindo olhos injetados. Algumas mulheres ficavam lindas quando choravam. Mas ela não era uma dessas. E sarada? Rá! Tinha um filho. Nada mais era igual e ela nunca perdera os últimos 4,5kg que ganhou na gravidez. Incapaz de pensar em uma boa resposta porque seu cérebro havia fritado com aquele possível elogio (ou possível piada), ela disse:

— Lyssa está viajando. Estou cuidando das coisas dela enquanto estiver fora.

— Cross está aqui? — Ele olhava facilmente por cima da cabeça dela, para dentro da casa.

— Quem?

Olhou para ela, franzindo o cenho.

— Aidan Cross. Ele mora aqui.

— Ah, sim. Mas se pensa que esse cara deixaria Lyssa ir a algum lugar sem ele, você está louco.

— É verdade. — Alguma coisa passou por seus olhos quando ele a encarou.

Nossa, ela precisava viajar de férias para o lugar do qual Aidan viera. Obviamente, o pedaço de mau caminho na porta também era de lá. Mesmo sotaque. Mesmo fetiche por espada. Mesmo nível de gostosura.

— Vou ficar aqui até eles voltarem — informou o cara, dando um passo para a frente.

Stacey não se mexeu.

— De jeito nenhum.

Ele cruzou os braços.

— Olhe, docinho, não estou no clima para joguinhos. Estou acabado. Preciso descansar um pouco.

— Olhe, querido — retrucou ela, imitando a pose dele. — Não estou fazendo joguinho nenhum. Sinto muito se está se sentindo assim, mas meu dia também está uma merda. Vá descansar em outro lugar.

Ela reparou que ele cerrou o maxilar.

— Aidan não iria querer que eu ficasse em outro lugar.

— Ah, é? Mas ele não me disse que alguém viria. E nem conheço você.

— Connor Bruce. — Ele ergueu sua mão gigantesca.

Ela hesitou por um instante, então o cumprimentou. O calor da palma da mão dele queimava a pele dela e deixou seu braço arrepiado. Ela piscou.

— Stacey Daniels.

— Oi, Stacey.

Ele a abraçou, a levantou, tirando seus pés do chão, e entrou na casa, fechando a porta em seguida.

— Ei! — protestou ela, tentando ignorar como o cheiro dele era delicioso. Almiscarado e exótico. Másculo. Sexualmente másculo. Macho dominante. Isso a deixou com vontade de enterrar o rosto no pescoço poderoso dele para fungá-lo. Envolver as pernas em seu quadril e se esfregar nele. O que era muito bizarro, considerando que ela estava de saco cheio daquele cara.

— Está fedendo lá fora — reclamou ele. — Não vou mais ficar lá.

— Você não pode simplesmente entrar aqui.

— Claro que posso.

— Ok, você *pode*. Mas isso não quer dizer que deve.

Connor parou na sala e olhou em volta. Em seguida, colocou-a no chão, pegou a capa que envolvia sua espada, passando-a por cima da cabeça, e a apoiou na parede perto da porta.

— Vou dormir. — Ele esticou os braços e depois fez uma pose que deixou Stacey com água na boca.

— Ainda é de manhã!

— E daí? Não toque naquilo. — Ele apontou para a espada, e em seguida se virou na direção da escada.

— Vá se foder. — Stacey colocou as mãos na cintura e olhou brava para ele.

Connor parou com um pé no primeiro degrau. Fixou o olhos nos pés descalços dela, então ergueu lenta e sensualmente o olhar, parando na junção de suas pernas, depois em seus seios, antes de hesitar em seus lábios e encontrar seus olhos. Ela nunca havia sido despida daquele jeito. Jurava que ele conseguia enxergar através de sua calça jeans de cintura baixa e regata. Seus peitos intumesceram e seus mamilos se enrijeceram. Sem sutiã — ei, ela não estava esperando visita —, ficou óbvio que ter sido observada por ele a deixara excitada.

— Estou tentado, querida. — Seu sotaque irlandês era grave e sedutor. — Mas não estou em condições de dar uma lição em você agora. Peça de novo quando eu acordar.

Ela batia o pé no tapete.

— Não sou sua querida, docinho nem boneca. E, se você subir, vou chamar a polícia.

Connor sorriu, o que transformou seus traços de gostoso-demais-para-suportar em absolutamente divino.

— Com certeza. Certifique-se de que eles tragam algemas... e as deixem aqui.

— O que eles não vão fazer é deixar *você* continuar aqui! — Como ao mesmo tempo aquele homem conseguia deixá-la excitada, irritada *e* ardendo de desejo por baixo da roupa?

— Ligue para Aidan — sugeriu ele, subindo a escada. — Ou para Lyssa. Diga a eles que Connor está aqui. Vejo você mais tarde.

Correndo até a escada, Stacey se preparou para gritar com ele. Em vez disso, ficou admirando sua bunda perfeita. Manteve a boca fechada. Ela foi até a cozinha e pegou o telefone. Um minuto depois, a chamada com chiado lhe informou que a ligação para o hotel Rosarito Beach, no México, estava sendo efetuada.

— Alô?

— Ei, doutora.

Subindo em um dos banquinhos altos, Stacey pegou uma caneta do porta-treco e começou a desenhar no bloco de anotação que ficava perto da base do telefone sem fio. Ela teve que passar várias páginas com cópias perfeitas de Aidan desenhadas até encontrar uma folha em branco. A maioria dos médicos tinha uma letra horrível. Lyssa era veterinária, mas contava com um incrível talento para desenhar.

— Ei, Stacey — cumprimentou Lyssa, parecendo aliviada.

Ela ainda não tinha entendido o que deixava Lyssa tão estressada. Depois de anos parecendo esgotada e fria, a veterinária desabrochara depois de encontrar Aidan. Havia ganhado peso, o que estava precisando, e aparentava estar mais descansada. Porém, também parecia ansiosa de um jeito que deixava Stacey bastante preocupada. Ela ficava pensando se tinha algo a ver com Aidan. Talvez fosse o medo de que ele não permanecesse por perto? Afinal, ele já tinha deixado Lyssa uma vez, mas acabou voltando depois.

— Você está bem, doutora?

— Sim. Ótima. Aqui é lindo.

Ouvindo o tom de voz mudar de desconfiado para sonhador, Stacey deixou sua preocupação de lado e voltou os pensamentos para seu próprio dilema.

— Maravilha. Ei, estou com um problema. Você conhece um cara chamado Connor?

— *Connor?*

— É, Connor. Grande, loiro, arrogante?

— Ah, meu Deus... Como você sabe qual a aparência dele?

Stacey suspirou.

— Então você o conhece. Não sei se fico aliviada ou decepcionada.

— Stacey. Como você sabe qual a aparência de Connor? — A voz de Lyssa passou a soar do mesmo jeito de quando precisa explicar uma doença terminal ao dono de um paciente.

— Ele está aqui, doutora. Apareceu há uns dez minutos e ficou à vontade, como se a casa fosse dele. Eu disse que ele devia procurar outro local para ficar, mas...

— Não! Não o perca de vista!

Afastando o telefone do ouvido, Stacey fez uma careta para o aparelho, escutando a conversa de uma distância segura, pois Lyssa tinha começado a gritar de desespero.

— Ele é o melhor amigo de Aidan... Pode se perder... Não o deixe ir embora... Stacey, você está aí?

— Estou, sim — respondeu ela, aproximando de volta o telefone na orelha, bufando. — Sabe, o cara é gostoso para caramba, mas é um saco. É mandão e arrogante. Grosseiro. Já é difícil o bastante conviver com JB, mas dois idiotas de uma vez?

— Vou te dar um aumento — persuadiu Lyssa.

— Certo. Acho que vou ganhar mais que você então. — Não era para tanto, mas as duas sabiam que ela recebia bem. Lyssa era generosa demais. — Sério, consigo lidar com ele. — *Eu quero lidar com ele inteirinho*. E isso também era um problema. Ela sempre ficava atraída pelo tipo errado de homem. Sempre.

— Não leve para o lado pessoal. Eles são todos... *broncos* de onde Aidan vem — disse Lyssa.

— Que fica onde, exatamente? — Fazia meses que Stacey tentava descobrir a localização.

— Em algum lugar na Escócia, acho.

— Você ainda não perguntou a ele?

— Não é importante — desconversou Lyssa. — Aidan foi à loja de conveniência comprar bebida, mas, quando voltar, vai ligar e falar com Connor. Vou pedir para ele conversar sobre educação, ok?

— Sim, já imagino. — Stacey balançou a cabeça. — Connor está tirando um cochilo. Disse que estava acabado ou algo assim. Chegou fantasiado e com uma espada, dando a impressão de ter vindo de uma convenção de *Star Wars* ou coisa parecida.

— Ah. Droga. — Houve uma longa pausa. — Ele vai ficar doente por um tempo, Stacey. Não muito, algumas horas ou durante a noite. Vai ter febre e arrepios.

— Hã? Como você sabe?

Lyssa era boa, mas não tanto. Nenhum médico era capaz de diagnosticar um paciente que não tinha visto ou com quem sequer havia conversado.

— É uma adaptação louca que acontece quando eles saem do avião. Sabe... novo mundo, essas coisas.

— Novo mundo?

Lyssa xingou baixinho.

— Tipo o Novo Mundo dos conquistadores peregrinos, não um novo mundo como em outro planeta.

— Claro, doutora. — Stacey tamborilava a caneta na bancada. — Como quiser. No México beba água de garrafa, está bem? Acho que tem coisas nojentas na água que sai da torneira daí.

Rindo, Lyssa disse:

— Não se preocupe. Não estou drogada.

— Ahã. Então, tem alguma sugestão para tratar essa gripe?

— Tylenol, se ele precisar. Do contrário, só o deixe dormir até que acorde sozinho.

— Isso é fácil.

— Ótimo. Obrigada por ser tão compreensiva. Você é a melhor.

Stacey se despediu com a promessa de manter o telefone por perto para atender a ligação de Aidan. Então permaneceu ali por alguns instantes, relembrando seu dia, o momento em que abriu a porta e viu Connor. Pelo menos não ficou só se lembrando de Justin e Tommy, mas não deveria pensar tanto assim naquele homem desconhecido. Ela estava em abstinência, era só isso. Não ficaria mais uma vez atraída sexualmente por um cara sexy que iria ferrar sua vida.

Descendo do banquinho, Stacey se aproximou da mesa de jantar, onde seus cadernos estavam espalhados. Ela havia, enfim, voltado para a faculdade. Na primeira vez, planejava ser escritora e cursou inglês e escrita criativa. Agora, treze anos depois, estava cumprindo os requisitos para se tornar uma técnica em veterinária.

Estava feliz com a decisão e orgulhosa de si mesma por retomar os estudos. Os sonhos tinham que crescer, assim como as pessoas. Criar uma criança sozinha havia mudado o rumo de sua vida.

E era nisso que deveria manter seu foco. Não no pedaço de mau caminho lá na cama, no andar de cima.

Mais fácil falar do que fazer, claro.

A ruiva curvilínea que atravessava a rua não era humana.

Se Aidan Cross não houvesse passado séculos matando Pesadelos, talvez não tivesse sido observador o suficiente para reparar e, caso não se sentisse perdidamente apaixonado, poderia estar mais interessado no corpo da mulher do que nas botas dela. Mas ele *era* observador e focado em seu trabalho, então, por mais que o cabelo ruivo dela chamasse sua atenção — e a de todos os homens na rua —, eram suas botas de guerra que mais lhe atraíam. Eram pretas, sem cadarço e feitas de um material inexistente na Terra.

Aidan andou mais devagar e ajustou os óculos escuros para disfarçar mais sua aparência. Ela estava atravessando em diagonal a rua lotada, indo da calçada oposta para a que ele estava. Aidan recuou, permitindo que outros pedestres preenchessem o espaço entre ele e a mulher.

Fazia um dia lindo em Rosarito Beach, no México. O céu estava limpo e azul com algumas nuvens muito brancas e fofas. Logo após as lojas à sua esquerda, o mar tocava à costa com ondas rítmicas e regulares. O ar era puro e salgado. Estava quente, mas havia uma brisa fria. O engradado com seis Coronas que ele segurava estava suando com a condensação e, no quarto de hotel logo na esquina, sua amante o esperava. Nua. Linda.

Em perigo.

Ele observava a Guardiã — talvez uma Anciã — se misturar à multidão a apenas alguns metros dele. Usando um vestido curto de alça com listras finas e flores brancas, ela podia parecer inocente, não fosse pelas diversas tatuagens tribais nos braços e as pulseiras de couro com *spikes*.

Aidan endireitou os ombros e se empertigou, preparando-se para o confronto. Se a mulher virasse na próxima esquina e seguisse em direção ao hotel, ele estaria pronto para acabar com ela.

Felizmente para os dois, ela não fez isso.

Ele sentiu um leve alívio. Aprendera em cada segundo do seu treinamento que devia segui-la e ver para onde ia. Seu coração, no entanto, apressava-o a descer a rua lateral até seu quarto de forma a proteger Lyssa. Sua luta interna era pior do que a que ele estava esperando. *Detestava* lutar com mulheres, odiava isso, porém, seria mais fácil lidar com ela do que arriscar a vida de Lyssa. Aidan começou a atravessar a rua que levava ao hotel. Ele olhou discretamente para o lado, observando o exterior do prédio. Sem ver nada de errado, cerrou o maxilar e continuou andando. Seguiu sua vítima, ignorando o estômago revirando em protesto sobre sua decisão. Ele não podia ir direto até Lyssa, de forma negligente. Levou em média de trinta minutos para percorrer o caminho que faria em cinco até a loja, porque queria ter certeza de que não estava sendo seguido.

Por causa de sua ansiedade, ficou grato por não estar longe de onde a ruiva virou, saindo da rua principal, e indo até um hotel fuleiro que, definitivamente, tinha visto dias melhores.

Ele manteve certa distância.

Quando ela olhou para trás por cima do ombro, Aidan entrelaçou os braços nos de uma morena baixinha que passava ali perto e ofereceu uma cerveja. A surpresa de sua cúmplice fora de suspeita se transformou em atração sexual quando ela reparou a aparência dele. Aidan sorriu para a mulher, mas manteve os olhos fixos na Guardiã, que, pelo visto, o considerou inofensivo o suficiente a ponto de ignorá-lo.

— Obrigado — murmurou ele para sua acompanhante quando a ruiva entrou em uma sala no térreo. Aidan viu o número na porta, e então se afastou cuidadosamente da morena. — Aproveite a cerveja.

Ela o chamou, mas ele já estava voltando por onde veio. Voltando para Lyssa. Pegou um caminho longo, que dava voltas, e propositalmente nada planejado, para retornar ao hotel, parando para observar vários ponchos, chapéus, joias e copos de shot expostos nas mesas próximas da rua. Ele tinha total consciência acerca de todos que se moviam à sua volta e por trás. Só quando teve absoluta certeza de que não estava sendo seguido, passou pelo pequeno portão de ferro que decorava e separava da rua o gramado bem cuidado da frente do hotel.

Quando chegou ao terceiro andar e destravou todas as trancas da porta, Lyssa reclamou:

— Você demorou uma eternidade.

Aidan jogou os óculos escuros na cômoda ao lado da televisão, deixou as cervejas no criado-mudo e escalou o corpo de Lyssa coberto pelo lençol. Em cima dela, ele baixou a cabeça e a beijou, estreitando os olhos conforme foi inundado pelo alívio. A ansiedade vibrante que sentiu por ela estar segura se esvaiu quando os braços finos de Lyssa envolveram seu pescoço e o puxaram mais para perto. O suave gemido de boas-vindas que deu era música para seus ouvidos.

Inclinando a cabeça para acomodar melhor sua boca na dela, Aidan enfiou a língua na boca dela, e elas se roçaram. Ele foi tomado pelo toque, cheiro e gosto de Lyssa. Ela arqueou o corpo, pressionando os seios em seu peito.

— Humm... — gemeu ela.

— Humm... — concordou ele, levantando a cabeça para roçar o nariz no dela. Virando-se para ficar ao lado de Lyssa, ele a abraçou.

— Você não vai acreditar no que tenho para contar — murmurou ela.

Sua pele tinha cheiro de maçãs e seu cabelo loiro e comprido estava úmido, pois fazia pouco tempo que ela havia saído do banho. Tinha ficado impregnado nos lençóis a duradoura essência dos dois juntos, pele com pele, após uma noite de paixão que durou do pôr ao nascer do sol.

— Ah, é? — Ele colocou a mão atrás de sua cabeça e a aproximou de si.

— É. Connor está na minha casa.

Houve uma longa pausa.

— Veja só.

Lyssa ergueu a cabeça e olhou para ele.

— Por que você não parece surpreso?

Aidan bufou.

— Vi outra Guardiã. Ela está em um hotel próximo daqui.

— Ah, merda.

Ele assentiu, cansado.

— Exatamente.

Capítulo 4

Esforçando-se para respirar e sofrendo fortes arrepios, Connor saiu do lago congelante e subiu no banco de areia. Conforme ele se levantava, o uniforme de Elite colou em seu corpo. Ele se concentrou tanto em reagir contra a tensão da hipotermia que não percebeu que não estava sozinho até ser atacado e se desequilibrar.

Quando um corpo menor e mais resistente se enroscou no dele, seu gemido de indignação refletiu-se na superfície da água e aliviou sua tensão. Connor se virou e se atracou com o agressor até os dois caírem no lago, espirrando água quando os corpos a atingiram.

O susto do impacto inesperado combinado com o choque de ser atacado realmente, realmente *irritaram Connor. Ele segurou o agressor pela gola do robe e o arrastou até a margem.*

— Espere! — Usando trajes cinza, o homem só podia ser um Ancião.

Infelizmente para ele, Connor não se sentia tão solidário em relação aos Anciões naquele momento e estava com vontade de bater em alguém. Colocou a mão atrás do ombro e pegou sua espada.

— Se tivesse um último desejo, seu velho — rosnou ele —, deveria ter dito logo.

— Cross precisa de você.

Connor ficou imóvel ao ouvir aquela voz familiar. É claro que não poderia ser qualquer *Ancião. Não em um dia de merda como aquele. Só podia ser o Ancião Sheron. Seu instrutor da Academia de Elite.*

— Cross precisa de respostas, Sheron. Todos nós precisamos de respostas.

O Ancião tirou o capuz que escondia seu rosto e Connor observou atentamente o homem que ajudou a moldar o guerreiro que ele se tornara. A aparência de Sheron havia mudado de forma tão radical que ele estava quase irreconhecível se comparado ao mestre que já fora. Seu cabelo antes castanho-escuro estava todo branco, a pele bronzeada ganhara uma palidez doentia, e suas pupilas eram tão grandes e escuras que escondiam o branco dos seus olhos. Naquele aspecto, ele se parecia muito com a coisa que estava guardada no Templo.

Connor sentiu desgosto, que foi rapidamente substituído por fúria. Aidan admirava Sheron como se fosse seu pai. Abandonado pelos pais biológicos ao entrar na Academia de Elite, Aidan precisara de uma figura paterna e elegeu Sheron para esse papel. O que enfurecia mais Connor era pensar que a confiança de seu amigo havia sido depositada na pessoa errada.

Connor vinha de uma vasta linhagem de Guerreiros de Elite. Homens e mulheres iguais, todos os Bruce haviam feito parte da Elite. Viva e morra pela espada *era o lema de sua família, e por isso Connor não tinha paciência para mentiras e enganações. O tempo era precioso, até mesmo para um quase imortal.*

Contudo, os pais de Aidan pertenciam a um tipo diferente de Guardiões: um era Guardião Curandeiro, o outro, Educador. Eles não entendiam o caminho que seu filho escolhera, e as perguntas constantes com as quais bombardeavam Aidan acabaram o afastando. Os Cross não conseguiam compreender por que seu único filho precisava trabalhar contra *os Pesadelos, e não consertar os danos que causavam. Como eram a única família que Aidan tinha, dois laços ainda restaram: Connor e Sheron.*

Sendo que Sheron não era mais digno dessa estima e afeição.

— Outros foram enviados ao plano mortal depois de Cross — informou Sheron, apertando o cabo da espada. — Anciões poderosos. Ele vai precisar da sua ajuda.

— Não estamos tão desavisados como você acha — ironizou Connor, rodeando seu adversário com passos lentos e constantes. — E já que está a fim de compartilhar informações, por que não explica o que era aquilo no Templo?

Sheron ficou parado e depois baixou a espada.

— Eu avisei a eles. Disse que o sistema não fora testado e não era seguro. Era muito arriscado, mas eles estavam decididos.

— Do que está falando?

Connor semicerrou os olhos para o Ancião, ficando mais cauteloso. Conhecia essa estratégia, em que o combatente fingia perder interesse na luta só para atacar com o elemento surpresa.

Sheron parou no meio do passo.

— A caverna era nossa principal forma de controlar o fluxo entre o plano mortal e o Crepúsculo, mas sabíamos que tanta confiança em um local nos deixava muito vulnerável. Por isso, alteramos um cômodo no Templo dos Anciões para atrair o rastro de um Médium. Funcionou em menor escala. Mas o Templo não está protegido dos Pesadelos.

— Não?

Aquilo causou um grande desconforto em Connor. Ele sempre observara o edifício branco e brilhante do Templo e sentira paz. Era um local intocado pelo inimigo e o Salão do Conhecimento guardava muitas histórias do seu povo. Apesar de nunca ter usufruído de alguma informação dali, ele se acalmava ao pensar nisso.

— Não. — Sheron afastou uma mecha encharcada do seu cabelo branco da testa. — Os Pesadelos ficaram mais desesperados. Os mais antigos aprenderam a perseguir a presa, em vez de simplesmente atacar por impulso. Cada sombra que você vê é suspeita e só a caverna está segura, apesar de não sabermos por quê. Tem algo a ver com a água, acho.

— Talvez seja muito fria — sugeriu Connor, arrepiando-se com a brisa congelante. Balançando a mão, aqueceu o ar à sua volta, isolando

um espaço. Fora daquela área específica, o vento ficou radicalmente mais forte e o céu se escureceu com a chegada de nuvens pretas.

— Não sabemos, Bruce. Tentei convencer os outros, mas eles sentiram que valia a pena correr o risco.

— E qual é o risco exatamente?

Sheron comprimiu os lábios.

— Aqueles Pesadelos vão...

Trovejou e a escuridão veio descendo, como se fosse um grande cobertor. O Ancião gritou e as nuvens começaram a tomar formas, reconstituindo-se em um formato familiar de Pesadelos.

Milhares deles...

Connor acordou assustado.

Ele se sentou depressa na cama, aterrorizado com aquele lugar, pois seu cérebro demorou um tempo para reconhecer onde estava. Seu coração acelerou, e ele estava molhado de suor.

O plano mortal. Ele estava no inferno.

Ele arfava, respirando com dificuldade, quando colocou as pernas ao lado da cama e apoiou a cabeça nas mãos.

Esses malditos Pesadelos.

Como se não bastasse o cheiro deste mundo, agora ainda precisava lidar com Pesadelos.

Enojado, Connor se esforçou para se levantar e tirar as roupas, jogando-as em uma pilha no chão. Abriu a porta do quarto de hóspedes que havia escolhido depois de descobrir que os outros dois estavam ocupados. Um era a suíte do casal, o outro tinha o cheiro da gostosa que abriu a porta para ele.

Sua boca se curvou formando um sorriso safado. Pelo menos tinha alguma coisa — *alguém* — que ele gostava nesse lugar.

Stacey era de uma perfeição cheia de curvas, corpo violão, quadris largos, bunda grande e seios fartos. Era o tipo de mulher que um homem podia foder com vontade.

Seu pau teve um espasmo ao pensar nisso e ele gemeu baixinho, seu sangue começou a ferver devido à combinação de bastante tempo de abstinência, a um dia de merda e a possibilidade de comer uma mulher. Ele queria agarrar aquele emaranhado de cachos negros e possuir aquela sua boca vermelha deliciosa. Mesmo com os olhos verdes lacrimejantes e o nariz vermelho, seu rosto oval era capaz de seduzir, no sentido mais puro da palavra. Ele queria vê-la corar, brilhar de suor e ter o desejo desorientador de um orgasmo. Se ele não estivesse quase morrendo, a teria feito feliz naquele exato momento.

Claro que antes tarde do que nunca. Ele também precisava se animar. Estava se sentindo devastado... irritado, desiludido e perdido. Era este último sentimento que o afetava mais. Ele valorizava o fato de ter uma base firme. Aidan era o aventureiro. Connor gostava de sua vida bem definida e sem surpresas. Não curtia essa sensação de queda livre e sabia exatamente como encontrar um lugar tranquilo em um mundo frenético.

Esse local era dentro de Stacey.

E ela estava lá embaixo esperando por ele. Embora não soubesse ainda.

Connor foi para o banheiro social e tomou um banho frio. Parecia o paraíso se lavar, considerando o dia que estava tendo, e, quando saiu no corredor alguns minutos mais tarde, se sentia mais controlado. Menos cansado e mais controlado.

Pensou em se vestir antes de descer à procura de comida, mas decidiu o contrário. Não estava com vontade de usar seu uniforme sem que estivesse limpo e, pelo que sabia, a toalha enrolada no quadril o deixava decente. A pouca quantidade de roupa dele também poderia irritar Stacey, o que talvez fosse o incentivo que faltava para levá-la para a cama. Paixão de qualquer tipo poderia ser transformada em paixão sexual, com a persuasão certa. E Stacey já o queria — aqueles mamilos grandes e duros comprovavam isso —, mesmo se ela não *quisesse* se sentir atraída por ele.

Ele já havia realizado fantasias humanas suficientes para saber que, às vezes, as mulheres negam seus desejos por motivos que não têm nada a ver com sexo. Se o homem tivesse um bom emprego, gostasse de crianças, fosse fiel, soubesse cozinhar, consertar carros ou usasse terno para trabalhar, os motivos para dizer "não" para o sexo eram muito mais numerosos do que para dizer "sim".

As Guardiãs não tinham essas preocupações sem sentido. Sexo era consolo, desejo e uma satisfação necessária das suas necessidades. Melhorava a saúde e o humor. Era tão necessário quanto respirar e, embora algumas ficassem sempre com o mesmo cara, a maioria mantinha o leque de opções aberto.

Ele estava precisando ser consolado e espairecer, e, se desse a Stacey mais motivos para dizer "sim" do que "não", ele a conquistaria. E ele a queria. Demais.

Quando Connor desceu o último degrau no hall de mármore, deu uma rápida olhada para a janela ornamentada acima da porta de vidro que dava para o quintal. O tom avermelhado lhe informava que era fim de tarde, e ao observar um aparelho acima da televisão descobriu que passava pouco das seis.

— Não estou te culpando por viajar! — protestou Stacey, brava.

Quem será que tinha chegado?

Ele estava prestes a voltar para o quarto e vestir uma calça, quando ela disse:

— Não posso fazer nada se isso parece triste. Sinto falta de você. Que tipo de mãe eu seria se não sentisse saudade? Não significa que estou tentando fazer você se sentir mal por viajar!

Ela estava ao telefone. Ele sentiu a tensão em seus ombros se esvair. Estavam sozinhos, no fim das contas. Exatamente do que ele precisava. Achava que não conseguiria lidar com uma interação mais demorada nesse momento. Seus nervos estavam à flor da pele.

Connor atravessou a sala de estar e parou na soleira da sala de jantar. Stacey não estava olhando para ele, tinha as costas tensionadas e esfregava a nuca com as mãos.

Caramba, ela tinha uma bunda linda. Grande, ela reivindicaria. Ele precisava admitir que não era pequena, mas era dura e redonda, maior que as mãos dele. Connor queria agarrar aquela bunda firme enquanto inclinava o quadril para o ângulo perfeito de forma que pudesse enfiar seu pau até o fim. Firme e profundo... Queria aquilo tanto quanto queria respirar, desejava muito uma conexão tangível com outra pessoa. Um arrepio de desejo percorreu seu corpo. Mas então a voz dela ficou mais histérica e ele franziu o cenho.

— Sei que você não o via há anos. Como se eu pudesse esquecer que... Não, isso não foi uma piada... Caramba, é a pura verdade... Ele não me manda um centavo para sustentar você! Não estou inventando... *Superar?* Ele está esquiando e eu estou dura, e ainda tenho que superar? Justin? *Justin?* Querido...? — Ela bufou e bateu o telefone. — Merda!

Connor a observou passar as mãos em seu cabelo cacheado. Em seguida notou que os ombros dela estavam tremendo, consequência de soluços silenciosos. De repente, a vontade de foder e se distrair se transformou em outra coisa: necessidade de compartilhar a infelicidade, de consolar.

— Ei — disse ele delicadamente, lembrando-se da frustração e da raiva que sentiu no palavrão que ela falou.

Ela gritou e deu um pulo de pelo menos um metro ou mais.

— Porra! — gritou ela, virando-se para ele com a mão no coração. As lágrimas mancharam suas bochechas pálidas com a tinta preta do rímel que escorria dos cílios. — Você quase me matou de susto!

— Desculpe.

O olhar dela desceu para seus quadris e se fixou no membro que se destacava sob a toalha, dividindo-o de sua cintura para cima.

— Ah, meu deus.

O desejo dele, a dor dela e os Pesadelos de alguns instantes atrás dificultaram todo o charme.

— Você tem a bunda mais linda que já vi — explicou ele.

— Eu tenho uma bunda lin...? — Ela piscou, mas não desviou o olhar. — Você está andando pela casa seminu com tesão e tudo o que consegue dizer é que tenho "uma bunda linda"?

— Posso ficar totalmente nu, se preferir.

— Ah, droga, não. — Cruzou os braços à frente do corpo, o que só acentuava seus seios sem sutiã.

O desejo, acumulado há semanas, percorreu sua pele e deixou um leve rastro de suor.

— A casa não vem com esse tipo de benefícios.

— Não ligo para o que vem com a casa — falou ele sincero.

Ela era uma mulher delicada, carinhosa e sensível. Era disso que ele precisava.

— Quero saber o que vem com *você*. Um toque delicado? Algo mais selvagem? Você gosta de fazer amor com força? Ou prefere sexo demorado e devagar? O que faz você gemer, docinho?

— Nossa! Você é bem direto.

Connor notou as pupilas dela se dilatarem, o que era um convite inconsciente. Ele se aproximou... com cuidado. Sem movimentos bruscos, porque percebeu que ela estava pronta para fugir, se fosse preciso, e ele não queria isso. Duvidava que conseguiria deixá-la fugir.

— Não estou com paciência para mentiras — murmurou ele. — Quero você. Uma noite com você seria o paraíso diante do que estou passando ultimamente. Não gosto daqui. Estou com saudade de casa e fiquei doente.

— De-desculpe... — Stacey engoliu em seco, arregalou os olhos, fez uma expressão maliciosa e passou a língua nos lábios vermelhos para umedecê-los. — Desculpe te decepcionar, mas não posso esta noite. Estou com dor de cabeça.

Ele deu um passo à frente.

Stacey recuou e esbarrou em um banquinho. Seu peito subia e descia, e sua respiração estava acelerada, assim como a dele. Suas narinas se expandiram, sentindo o perigo. Retorcendo-se dentro dele estava a vontade de puxá-la para perto. De convencê-la a ficar e aceitar. De prevenir que ela negasse ser dele, o que alguma voz primitiva em seu interior confirmava que era. *Minha*, insistia a voz. *Ela é minha*.

Algo dentro *dela* entendera.

— Nós dois estamos tendo um dia horrível — comentou ele, e sua voz saiu mais rouca do que gostaria. — Por que precisamos ter uma noite horrível também?

— Sexo não vai resolver meu problema.

Quando ela agarrou a beirada do banquinho de madeira com os dedos, ergueu o queixo. Aquela posição deixava seus seios erguidos, desafiadores, transformando a necessidade que ele sentia em um apetite voraz. Um rosnado áspero preencheu o espaço entre eles e ela arfou suavemente. Seus mamilos enrijecidos e empinados roçavam a blusa larga de algodão.

O pau de Connor ficou mais duro, uma reação que foi incapaz de esconder devido à pouca roupa que vestia. Ele a queria. *Agora*. Desejava esquecer que não estava em casa, que talvez nunca mais voltasse para lá. Queria esquecer que fora enganado e iludido. Estava com vontade de abraçar uma mulher sensual e cheia de desejo e ajudá-la também a esquecer seu sofrimento. Era o que ele fazia, o que sabia fazer e no que era bom. O que o deixava seguro. E dessa vez seria real. Não um sonho ou uma fantasia.

Ele conseguia sentir a ansiedade vibrando nela, o toque de desespero, a vontade de gritar para o mundo suas frustrações, sua raiva e dor. A necessidade de se conectar a alguém que não tinha absolutamente nada a ver com sua vida. Alguém sem culpa, sem bagagem nem expectativa, um prazer livre de culpa. Ela só precisava de um empurrãozinho.

Connor puxou a toalha e a deixou cair no chão.

— Caramba — murmurou Stacey. — Você é incrível.

Dando um sorriso gentil, ele levou deliberadamente o comentário dela para um lado que não fora sua intenção.

— Ah, mas ainda nem comecei.

O sotaque forte e sussurrante causou em Stacey um frio na espinha, depois desceu por seu corpo, espalhando calor.

Enfurecida consigo mesma por estar excitada, ela viu aquele homem alto, bronzeado, lindo — extremamente lindo — e *nu* andando em sua direção. E foi incapaz de desviar o olhar daqueles músculos belamente desenhados na pele morena. E do cabelo claro que caía em cima da sua sobrancelha grossa. E dos olhos azuis caribenhos que observavam seu corpo dos pés à cabeça, o olhar sensual e luxurioso, mas gentil, ao mesmo tempo.

Ao redor da boca sexy e pecadora de Connor havia linhas de tensão e estresse, o que a deixou tentada a beijá-lo, afastando seus problemas. Quaisquer que fossem.

Mesmo não sendo possível, Connor Bruce parecia uma ilha em si mesmo. Havia algo muito perigoso nele, alguma coisa selvagem e rebelde. De alguma forma ele parecia... *obscuro*, atormentado. Um sentimento que ela entendia porque era como se sentia. Fora de controle. Tensa. Ela queria dirigir até Big Bear e dizer a Justin e Tommy que a porra de uma viagem para esquiar não tornava Tommy "o pai do século".

Frustrada com sua incapacidade de "superar", Stacey devorou com os olhos, de forma imprudente, o pau gostoso de Connor. Afinal, ele o acenava para ela...

— É todo seu — falou ele baixinho, aproximando-se dela com determinação e cheio de água na boca, exibindo seu abdômen trincado.

Ela olhou para cima e, nas profundezas dos seus olhos azuis, notou que ele a desafiava. Ele sabia que ela não conseguia evitar ficar olhando e desejando o que era oferecido de forma tão brusca.

— E você é toda minha.

Nossa, como ela queria poder rir dessa frase. Considerando o tempo que os dois se conheciam, aquele comentário deveria ter sido muito engraçado. Mas Connor era um macho muito primitivo, que não largava o osso quando se tornava possessivo. Do mesmo jeito que ela, aparentemente, que era primitiva o bastante para gostar de ser levada para a caverna sendo puxada pelos cabelos.

Havia algo *muito* errado com um homem tão perfeito assim. Um metro e noventa de uma masculinidade pura e eficiente. Ele era grande, corpulento e safado. Irresistível e safado. Sem remorsos. Ela poderia resistir se ele fosse só isso. Mas também parecia vulnerável, de um jeito que ela não conseguia definir. Entretanto, independentemente do que fosse, ele a cativou. Bem no fundo. Ela se deu conta de que queria consolá-lo, abraçá-lo e fazê-lo sorrir.

De novo, seu olhar desceu de forma inconsciente para aquele pau grosso e comprido que vinha em sua direção. Era perfeito também.

Ela não conseguia achar nenhum defeito no corpo dele, por mais que tentasse. E, nossa, como estava tentando. Ele era selvagemente lindo e proibidamente sexy, mas ela não ia ceder. De jeito nenhum. Estava babando por aquele homem, é verdade, mas não ia repetir os mesmos erros. Nem conhecia o cara, pelo amor de Deus!

— Conan, o Bárbaro, funciona para você? — perguntou ela com uma sobrancelha arqueada, usando toda a sua sensualidade. — Porque não está funcionando para mim.

Seus lábios formaram um sorriso malicioso. Ela ficou impressionada com a reação que teve àquele gesto. Os lábios dele se curvaram de maneira tão encantadora que fazia a outra pessoa sorrir de volta.

— Prove.

Seus passos demorados e tranquilos a fizeram estremecer. Ela agarrou o banquinho atrás de si com tanta força que quebrou uma unha e resmungou baixinho. Esse som discreto entregou mais do que deveria. Ela percebeu por que o olhar dele ficou mais sensual e sombrio, e seu pau, ainda mais duro. A boca dela ficou seca ao ver isso acontecer.

Misericórdia. Aquela extensão grossa estava marcada por veias pulsantes que a obrigaram a conter um gemido de desejo. Estrelas de filme pornô pagariam para ter aquele pau. Porra, mulheres pagavam por paus como o dele, moldados em plástico com um botão de velocidade.

— Está me desafiando? — murmurou ela com o olhar fixo nele, que se movia de forma graciosa, como um predador. Ela ficou imaginando ele se mexendo enquanto fodia e só de pensar nisso já a deixou excitada.

Ela estava solitária, cansada e frustrada pela peça que a vida lhe pregara, e tão de saco cheio que queria esquecer seu papel desvalorizado de mãe por uma ou duas horas. *Superar?* Claro. Tinha melhor jeito de superar do que ficar debaixo de um homem como Connor Bruce?

— Me deixe abraçá-la — murmurou ele, e havia uma sedução discreta em seu sotaque.

Stacey não se mexeu. Não conseguia.

Conforme ele chegava mais perto, ela prendeu a respiração, sabendo que sua resistência àquela oferta atrativa, mas impraticável, perderia força caso sentisse o cheiro dele. A essência de sua pele era única. Um pouco apimentada e almiscarada. Cem por cento máscula. Inalar o cheiro iria clarear as imagens dele que já estavam em sua mente, com os braços definidos ao suportar o próprio peso, os músculos abdominais tensos enquanto ele enfiava e tirava o pau dela, os traços lindos sérios de luxúria...

A aparência dele naquele instante.

O pânico tomou conta dela. Stacey balançou a cabeça com força e pulou rápido para o lado, torcendo para passar pela mesa de jantar e... para que ele fosse atrás dela.

E foi o que aconteceu.

Connor foi ágil e a segurou delicadamente, seu braço de ferro envolveu a cintura dela e a puxou de volta de costas. A aproximação despertou com toda força seu desejo, deixando-a mais acessível.

— Deixe, Stacey. — O tom da voz dele mudou, ficando urgente e grave de desejo. — Eu preciso de você. Você precisa de mim. Deixe acontecer.

A ferocidade do desejo dele era evidente em cada centímetro de seu grande corpo. Era tangível e muito, muito tentador. Mas também era uma loucura.

— Droga! — exclamou ela, sofrendo por estar mais do que excitada, e porque não tinha qualquer expectativa de sair dali. — Você não pode simplesmente me jogar na cama!

— Tem razão. Não vou levá-la tão longe. Vai ter que ser bem aqui.

— *Aqui?* — resmungou ela. — Está maluco! Nem nos conhecemos.

Ele apertou os braços e aconchegou-se gentilmente nela, passando a língua pela veia pulsante em seu pescoço. Ser abraçada por ele a deixou tonta, envolvida por seu cheiro e seu foco nela. Stacey não tinha dúvida de que Connor acharia todas as zonas erógenas em seu corpo. Também tinha certeza de que o queria. Nossa, havia tanto tempo que ela não fazia sexo com alguém que estava focado em lhe dar prazer. Alguém que parecia ter a *necessidade* de satisfazê-la.

— Você está pensando demais — sussurrou ele com os lábios na orelha dela.

Ele ergueu uma das mãos e envolveu seu seio à mostra. Sua mão estava quente, e o apertou com firmeza, mas de forma gentil. O polegar e o indicador beliscaram seu mamilo, rondando-o, comprimindo-o. Stacey se contorceu com a sensação que atingiu diretamente seu sexo que formigava, enlouquecido. Um som rouco saiu do peito dele.

O desejo de fechar os olhos dela e possuí-la era forte.

— As pessoas não vão para a cama com estranhos só porque tiveram um dia de merda.

— Por que não? Por que negar algo que você quer?

— Chama-se maturidade.

Ela mudou de tática e se pendurou feito um peso morto nos braços dele. Connor nem pareceu perceber. O homem era forte o suficiente para carregar um elefante.

— Parece que está me torturando.

— Acho que você deve ter passado a vida achando que pode fazer o que bem entender só porque é gostoso.

Ele a beijou firme e rapidamente na têmpora e massageou seus seios com as mãos.

— Você é gostosa e não faz o que quer.

Stacey bufou.

— Elogios não vão me convencer a dar para você.

Connor ergueu a mão e envolveu o rosto dela, levando a boca à sua.

— Não — sussurrou ele em seus lábios —, mas isso vai.

Ele abriu o botão e colocou a mão dentro da calça jeans dela.

— Não...

Ele enfiou fundo a língua em sua boca, impedindo-a de protestar. E passou os dedos por sua calcinha.

— Hum — gemeu ele, esfregando sua boceta dilatada e cheia de desejo com os dedos habilidosos —, você está molhada, docinho.

Ela choramingou quando ele afastou o tecido e tocou sua pele.

— Diga o que quer — murmurou ele, deslizando a ponta do dedo mindinho entre suas dobras e acariciando seu clitóris inchado. De um lado para outro. Afagando e circulando. A tensão era grande, sua respiração estava irregular e suas pernas, tensas.

— Ah! Vou gozar... Ah... — Fazia tanto tempo sem transar que ela já estava pronta.

— Diga o que quer — repetiu ele.

O quadril dela rebolava e se mexia contra aquele dedo enlouquecido.

— Isso importa?

Ela arfou, movendo-se como um animal selvagem preso na jaula formada pelos braços poderosos de Connor.

— Importa. — Ele mordeu o músculo tenso do seu pescoço e ela gritou de surpresa. — Importa, sim. Eu quero você. E quero que me deseje também.

Dois dedos compridos e grossos entraram nela, que teve um espasmo no auge do clímax. Seus olhos se fecharam e sua cabeça tombou para trás, apoiando-se no peito dele. Ela tremia violentamente, cheia de tesão, com os olhos marejados. Seu dia inteiro tivera uma carga emocional muito alta e agora aquele homem adicionava luxúria e desejo.

— Sim... — Ela choramingou, cravando as unhas no braço dele que estava entre seus seios. Era tão bom ser segurada e abraçada. Desejada.

— Tire a calça.

Stacey segurou o cós da calça jeans e a abaixou até os joelhos, piscando para conter as lágrimas quentes. Endireitando-se, se esticou para pegar a bolsa no balcão de granito, de onde tirou algumas camisinhas que havia comprado há uma semana. Eram GG, uma piada que ela pensou que acrescentaria leveza à sua conversa de como os bebês são feitos. Agora torcia para que não fossem pequenas demais. Connor era grande, o que só a deixou mais molhada e menos resistente. Nossa... ele estaria dentro *dela... daqui a pouco...*

Ele colocou um pé entre as pernas dela e se abaixou, puxando a calça de Stacey até o chão. A bunda dela encostou em sua ereção rígida e ele ficou sem fôlego. Agarrou-a mais forte na cintura. O coração dela se sobressaltou de susto. Ele era gigante e parecia não estar sob controle.

— Silêncio — murmurou ele, soltando-a apenas o suficiente para enfiar a mão debaixo de sua camiseta. Com a mão sobre seu coração acelerado, ele fez uma pausa, com o peito apoiado em suas costas. O rosto dele estava molhado e muito quente, e o pressionou ao dela de forma um pouco grosseira.

— Este não sou eu. Não sou assim. Estou indo muito rápido...

— Também não sou assim — sussurrou ela, colocando a mão por cima da dele na camiseta e conduzindo-a para seu seio. Os dedos dela descansaram em cima dos dele e os apertaram, incentivando-o a acariciar o peso doloroso de sua pele. — E você não está indo rápido o suficiente.

— Vou te comer. Não consigo evitar. — Seu sotaque era tão forte que ela mal conseguia entender o que ele dizia. — Forte e rápido. Depois começaremos de novo. Vou te satisfazer. Vou fazer direito.

Balançando a cabeça, Stacey se inclinou para a frente, oferecendo a ele a área mais privada do seu corpo.

— Faça isso. Direito ou não.

Connor resmungou alguma coisa, depois pegou uma camisinha e abriu a embalagem. Ela se esforçou para inspirar e expirar com cuidado, tentando deixar seu cérebro menos tonto, dizendo a si mesma que era apenas um caso de uma noite, e não a porra de um relacionamento. Ele não tinha que ser "permanente", só precisava ter o equipamento certo e mostrar alguma consideração por ela.

Ele era melhor o amigo de Aidan, que era um ótimo cara. Isso não tornava Connor ótimo, mas, sim, um pouco melhor do que um completo desconhecido. E os dois eram adultos. Poderiam fazer sexo casual e ainda serem civilizados. Ela não estaria repetindo os mesmos erros de antes, porque não tinha expectativa de que aquilo fosse além de um orgasmo. Certo? *Certo?*

Stacey estava quase convencida de que aquilo era só um pouco mais emocionante do que usar um vibrador, quando Connor agarrou suas pernas e a levantou sem qualquer esforço, colocando-a para se equilibrar em dois apoios. Com um gemido de surpresa, ela agarrou o banquinho e sentiu o mundo girar.

Então ele estava lá, a ponta arredondada de sua glande roçando a entrada escorregadia e estreita de sua boceta. Ela gemeu quando ameaçou entrar, e ele fez um barulho discreto que poderia tê-la acalmado se ela não estivesse fora de controle com o tesão e um turbilhão de emoções.

— Relaxe — pediu ele com a voz rouca. — Me deixe entrar. Tenho tudo sob controle.

Ofegante, ela se permitiu relaxar, mesmo tendo medo de se soltar, mas percebeu que ele a segurava com facilidade. Ele enfiou um centímetro e Stacey sentiu cada detalhe e cada veia dele, porque o envolvia bem apertado.

— Ah!

— Se toque. — Connor estremeceu ao enfiar seu pau mais fundo. — Relaxe. Você está muito apertada...

Stacey se apoiou no banquinho com um braço, conforme posicionava a mão para se acariciar. Ela estava com as pernas totalmente abertas e apertada para acomodá-lo, o que expunha ainda mais seu clitóris. Estava molhada, quente, escorregadia, mais excitada do que se lembrava de já ter ficado. Ele penetrou mais, empurrando um pouco, dando investidas rápidas que a fizeram choramingar e implorar. Sua boceta estremecia e Connor gemeu, com a ponta dos dedos roçando as coxas dela.

— Isso, querida — sussurrou ele, rouco. — Me coloque para dentro. Pegue tudo de mim.

Com um grito de alívio, ela chegou logo ao clímax, os dedos roçando sua vagina inundada de líquido, facilitando a entrada dele. Connor investiu forte e grunhiu. Em uma parte distante do cérebro de Stacey, ela ouviu o telefone tocar, mas aquilo não significava nada no momento e, um instante depois, tudo o que ela conseguiu escutar foi uma lufada abafada em seu ouvido.

— Segure-se — pediu ele.

O homem começou a estocar em um ritmo selvagem, bombeando fundo e forte, suas coxas poderosas flexionando-se entre as dela. Com os olhos fechados, Stacey encostou o rosto no banquinho duro de madeira, escorregando para a frente e para trás com o próprio suor, sentindo o corpo em chamas por causa do calor dele. O pau de Connor era como um ferro queimando dentro dela. Ela estava quente, mas ele estava pelando.

Por mais incrível que fosse, a tensão ressurgiu, se expandiu... e aumentou... Suas bolas pesadas batiam gentil e repetidamente em seu clitóris, o som era tão erótico que ela se arrepiava com a excitação renovada. O pau dele atingiu um ponto de prazer dentro dela, que foi, no mesmo instante, levada ao extremo.

— Ah, nossa — choramingou ela —, vou gozar de novo.

Ele abriu mais as pernas dela e enfiou mais fundo, sabiamente acariciando aquele lugar mágico dentro da mulher que a fazia gemer com tanto prazer. A satisfação dele foi completa quando Stacey arqueou e relaxou sob suas investidas severas.

Apesar de toda sua urgência anterior, ele parecia não estar com pressa para gozar, agora que estava dentro dela. Incapaz de aguentar mais e um pouco preocupada sobre o que aconteceria se ela gozasse de novo com tanta intensidade, Stacey colocou a mão entre as pernas e tocou as bolas dele.

Connor xingou e colocou mais força no movimento, preenchendo-a por inteiro.

— Não vou aguentar...

Apertando-o, ela o abraçou, forçando seus músculos internos. Ele tremeu e, com um grito gutural, começou a gozar. Seu pau se tensionou e pulsou com a força que sua ejaculação ganhou com o orgasmo brutal e avassalador. Ele se abaixou, levando-a junto. Primeiro ficando de joelhos, depois deitados de costas, seu suor encharcando a blusa de Stacey. Seus braços musculosos a envolviam. No chão.

E foi ali que ele pressionou os lábios na têmpora dela, ainda gozando...

Capítulo 5

— Oi! Você ligou para a doutora Lyssa Bates e Aidan Cross. Desculpe, não podemos atendê-lo agora. Se for uma emergência...

Aidan desligou o telefone murmurando um xingamento e voltou para a cama.

Lyssa se apoiou em um cotovelo e o observou com seus grandes olhos escuros.

— Ninguém atendeu?

Ele balançou a cabeça.

— Talvez Connor ainda esteja dormindo e Stacey tenha saído um pouco — sugeriu ela.

— Talvez. Vou tentar de novo mais tarde pelo celular quando estivermos voltando para San Ysidro.

Ele notou o pingente que deu para protegê-la balançar delicadamente entre seus seios fartos. Quando os dois se conheceram, ela era atormentada por sonos perturbadores, consequência de sua impressionante incapacidade de bloquear Guardiões e Pesadelos de invadirem seus sonhos. Agora ela parecia uma visão, com a pele branca mais bronzeada, sem mais olheiras, sua figura luxuriosa mais saudável e não tão magra. Porém, por mais maravilhoso que o exterior fosse, era o conteúdo que ele amava: sua gentileza e compaixão, o profundo amor que sentia por ele e sua vontade de ser feliz.

— Você tem certeza de que foi uma Guardiã que viu mais cedo? — perguntou ela pela milésima vez, acariciando os músculos definidos do seu abdômen nu.

— Certeza absoluta. Era isso ou uma Anciã. Vamos descobrir quando voltarmos lá e eu revistar o quarto dela.

O arrepio que Lyssa sentiu levou Aidan a colocar a mão na parte de trás da cabeça dela e a puxar para um beijo rápido e firme na testa.

— Confie em mim — pediu ele.

— Eu confio. Você sabe. — Ela suspirou, seus cílios volumosos baixaram para esconder seus pensamentos. — Mas isso não significa que não vou surtar quando você correr em perigo. Só de te imaginar machucado já me deixa aterrorizada.

— Sei como se sente, coisa linda, porque sinto a mesma coisa em relação a você. É por isso que precisamos ir atrás. Se estivermos sendo perseguidos, temos que saber. — Aidan ergueu a mão e acariciou com a ponta dos dedos uma mecha do cabelo dela. — Precisamos saber se ela está atrás de você ou do *taza*. Ou dos dois. Merda, talvez ela esteja aqui para fazer alguma coisa que ainda não sabemos o que é.

Lyssa se sentou e se ajeitou na cabeceira da cama. Suspirou, e o som se misturou com as ondas que quebravam do lado de fora da varanda deles.

— Ser a Chave é um saco.

— Sinto muito — murmurou ele, de maneira reconfortante.

Ele não tinha mais nada o que falar sobre aquilo e ambos sabiam disso.

— Vale a pena para estar com você. — A voz gentil dela saiu baixa e ardente.

Ele levou a mão dela aos lábios e beijou os dedos dela.

— Quer uma última cerveja antes de fazermos o check-out?

O sorriso dela o afetava demais, deixando-o tentado a ficar mais tempo na cama, sendo que eles realmente precisavam ir. Aidan se sentou e saiu dali antes que seu coração comandasse o cérebro, coisa que acontecia com frequência porque amava muito Lyssa. Ficava louco por não esquecer que seu tempo juntos era limitado, que havia uma ampulheta em algum lugar se esgotando. Para um imortal, isso significava alguma coisa. E não era nada bom.

— Você está sempre cuidando de mim — murmurou ela. — Me protegendo, me apoiando. Não sei o que eu faria sem você.

— Você nunca vai descobrir, coisa linda.

Lyssa encarou os olhos azul-escuros de seu amante e detestou aquela ansiedade que vibrava dentro de si, a sensação de medo e pavor que a deixava enjoada.

Sua resposta instintiva depois de ouvir que havia uma Guardiã por perto seria correr para longe, não persegui-la nem descobrir o que queria.

Ela observou Aidan ir até a mesa ao lado da porta de vidro de correr. Ele usou a faca de um canivete para cortar um limão da dúzia que comprara no dia anterior, depois pegou algumas fatias e levou até o criado-mudo.

Apaixonada pela beleza do corpo dele, Lyssa estava hipnotizada pela visão de Aidan se aproximando com seu abdômen trincado bronzeado, enquanto espremia o limão com as mãos. Era muito mais do que 1,80m de pura, autêntica e suculenta masculinidade. O homem dos seus sonhos. Literalmente. Um cara que deixou tudo para trás com o intuito de ficar com ela, que estava determinado a salvá-la de seu próprio povo que a queria morta, apesar do risco que ele corria. Ela o amava tanto que chegava a arder no peito, ficando difícil respirar.

— Você já pensou que me proteger, trabalhar para McDougal e caçar os artefatos ao mesmo tempo é coisa demais para lidar sozinho? — Ela o observava na beirada da cama, em seguida se aproximou dele e colocou a mão em seu ombro. Seus músculos se tensionaram quando ele tirou a tampa da garrafa e colocou uma fatia de limão na borda. O cheiro da pele dele, algo exótico e apimentado, a atingiu no mesmo instante que o cheiro cítrico da fruta. — Se há uma Guardiã aqui, deve ter mais.

Ele se virou e olhou para ela. Suas íris eram de um tom profundo intenso de azul, lembrando uma safira. Único, como o restante do corpo dele. Mandíbula esculpida e sobrancelhas arqueadas, cabelo preto, e um corpo feito para o prazer de uma mulher. Ele era forte, definido e perigosamente lindo. E era dela. Lyssa se recusava a perdê-lo.

— Eu sei.

Ele lhe entregou a garrafa, depois foi pegar uma para ele.

Os músculos poderosos de seus braços se flexionaram com o movimento, e aquela visão sensual a deixou arrepiada. Eles tinham passado o dia todo na cama, enroscados um no outro, e ela ainda o queria. Sempre desejaria ele e a conexão física que transformava o amor deles em algo tangível.

— Connor só viria se fosse uma questão de vida ou morte — disse ele, soando misterioso. — Diferentemente de mim, ele era feliz no Crepúsculo. Para ele, é provável que este plano seja um inferno.

— Ótimo — murmurou ela. — Parece promissor.

Aidan havia negado a profecia antiga de seu povo que dizia que ela era a Chave destinada a destruir seu mundo e o dos humanos. Ele abandonou sua casa no Crepúsculo por causa do amor que sentia por ela. Nenhum outro Guardião agiria com tamanho impulso.

— Não perca as esperanças ainda.

Ele se aproximou dela na cabeceira da cama, alongando suas pernas cobertas com o short largo cáqui. A tarde estava rapidamente se tornando noite, mas nenhum dos dois pensou em acender a luz. A porta do banheiro estava entreaberta, e a iluminação que vinha de lá bastava para ambos.

Erguendo a garrafa, Aidan bebeu em grandes goles e, depois, colocou a cerveja no colo.

— Talvez haja um jeito de perseguir os Guardiões nos sonhos agora que estão aqui. Talvez ele tenha trazido boas notícias.

— Odeio me sentir tão inútil assim. — Os dedos de Lyssa cutucavam o rótulo da garrafa e seus olhos se fixaram na direção da espada e da bainha apoiadas próximas a uma cadeira. — Não sei ler na sua língua, então não posso ajudar a decifrar os jornais que você roubou.

— Peguei emprestado por tempo indefinido — corrigiu ele, rindo.

Ela riu.

— Não tenho habilidades de combate, então não consigo ajudá-lo a lutar. Não tenho séculos de lembrança como você, por isso não posso ajudá-lo a encontrar artefatos.

Ele se esticou e segurou seus dedos hiperativos com a mão fria e molhada.

— Isso não significa que não esteja ajudando. Seu "trabalho mais importante" é me manter recarregado. Por isso que trouxe você junto desta vez.

— Eu quis vir. Detesto quando você passa dias ou semanas viajando. Fico com muita saudade.

Aidan olhou para ela e deu um sorriso discreto.

— Preciso de você comigo. Não é só questão de conveniência. Toda vez que você respira, tenho um motivo para viver. Sempre que sorri, me dá esperança. Toda vez que me toca, faz meus sonhos se tornarem realidade. Você me mantém vivo, coisa linda.

— Aidan...

Seus olhos ardiam. Ele podia dizer a coisa mais brega de todas, mas nunca parecia brega vindo dele. Colocava cem por cento de intenção em tudo o que fazia, até amá-la.

— Eu estava morrendo antes de conhecer você.

Ela sabia disso. Não fisicamente, mas no campo emocional. Cansado do impasse na guerra contra os Pesadelos e desmotivado pela falta de conexão com alguém, Aidan estava apenas sobrevivendo. E não vivendo. Ele já lhe dissera como estava solitário antes, mas não precisava ter feito isso. Ela reparara no vazio em seus olhos.

— Eu te amo. — Ela se inclinou e o beijou.

Apesar das diferenças — que eram muitas, por serem seres de espécies distintas —, eles eram muito parecidos. Atormentada pela falta de sonhos, ela se sentira exausta para qualquer coisa na vida além do trabalho. O amor de Aidan lhe deixou otimista em relação ao futuro.

— É bom mesmo amar — zombou ele, segurando sua nuca e mantendo-a perto quando ela quis se afastar. Ele lambeu seus lábios, e então mordeu o inferior. Ela gemeu, aprovando.

— Quero satisfazer você — sussurrou ele —, mas vamos ter que sair logo.

Lyssa assentiu e segurou seu pingente. Era estranho como uma pedra de cinzas de Pesadelo derretidas em um material de vidro da terra natal dizimada dos Guardiões podia mudar sua vida. Mas o objeto irradiava uma energia única: uma combinação de Guardião e Pesadelo que mantinha ambas as facções longe de seus sonhos, permitindo que ela dormisse normalmente.

— Guardei minhas coisas na mala quando saí do banho mais cedo.

— Perfeito. — Connor beijou a ponta do nariz dela. — Devemos esperar até anoitecer para fazer check-out. Aí vou passar de novo naquele hotel e, com sorte, descobriremos o que nossa amiga Guardiã está tramando. Podemos sair de lá e ir direto para Ensenada, pegar as relíquias de McDougal e encontrar o xamã.

— Certo. Sou a motorista de fuga.

— É, pé de chumbo. — Aidan tomou outro gole de cerveja. — Pelo menos, desta vez, consegui duas semanas para procurar. Não saio do México sem aquele *taza*.

No começo do mês, ele tinha viajado para um lugar que ficava apenas a algumas horas de distância com o intuito de dar um lance no leilão de uma boneca de sonho sombria quando seu chefe, Sean McDougal, o chamou de volta à Califórnia para pedir sua opinião na possível aquisição de uma espada. Aidan ficara furioso, mas não tivera escolha.

McDougal era um excêntrico e extremamente rico colecionador de antiguidades. Por isso, o conhecimento de história e a especialidade de Aidan em todas as línguas da Terra o transformaram na pessoa perfeita para o cargo de chefe de equipe das aquisições de McDougal. Esse trabalho proporcionava formas de viajar pelo mundo em um segundo, com todas as despesas pagas, e era o único jeito que eles conseguiam mandar Aidan atrás dos artefatos mencionados nos jornais dos Anciãos. Manter aquele emprego era necessário.

— Não entendo por que os Anciãos esperaram até agora para mandar os artefatos para os Guardiãos — disse Lyssa, pensando alto. — Por que não fizeram isso antes de você vir aqui?

— Porque antes de a Chave, *você*, ser encontrada, estavam mais seguros aqui. O Crepúsculo é pequeno. Durante séculos, os itens teriam sido encontrados lá. Aqui estavam longe do alcance de curiosos.

Bufando, Lyssa afastou o lençol para o lado e saiu da cama. O assobio lento de Aidan, apreciando ela se levantar, a fez sorrir. Ela escolheu um vestido curto e fresco e o colocou por cima, depois pegou sua cerveja e saiu na varanda para admirar o último pôr do sol na beira da praia. Um instante depois, os braços dele a envolveram, uma mão agarrando a grade, enquanto a outra segurava a cerveja. Seus lábios tocaram o ombro dela e se aconchegar no grande corpo dele foi um consolo bem-vindo.

O cheiro de churrasco vinha de algum lugar ali embaixo. Perto de onde estavam, na mesa pequena de plástico no canto da varanda, um óleo bronzeador aberto exalava um fraco cheiro de coco. Para Lyssa, as vistas e os odores já eram esperados pelos turistas de resort na cidade de Baja California. No entanto, ela ficava preocupada com Aidan, pois sabia que séculos vivendo em uma bolha — tecnicamente um conduíte entre os dois planos de existência, como ele explicara — havia criado uma barreira sensual, intensa e perturbadora.

— Você sente falta? — perguntou ela com delicadeza. — Do Crepúsculo?

Em sua pele, ela sentiu ele sorrir.

— Não do jeito que você deve achar.

Lyssa se virou em seus braços e o encarou, notando a alegria no brilho malicioso daqueles olhos azuis.

— Como assim?

— Sinto falta do silêncio absoluto, às vezes, e da familiaridade da minha casa, mas só porque quero te levar lá. Quero estar em algum lugar reservado com você, algum lugar seguro, onde o tempo não é uma preocupação e posso desligar todos os barulhos. Não quero ouvir nada além de você... dos sons que faz quando estou dentro de você.

— Isso seria maravilhoso.

Ela respirou fundo, colocando os braços em volta de sua cintura, envolvendo-o de amor.

— É meu sonho — murmurou ele, apoiando o queixo no topo da cabeça dela. — Felizmente para nós, sabemos que os sonhos se tornam realidade.

Stacey se mexeu primeiro. Connor resistiu à vontade de segurá-la e mantê-la perto. Ela estava roçando a bunda exuberante na sua virilha e seu pau respondeu de forma admirável, considerando que ele ainda se sentia menos disposto do que realmente estava. Viajar entre os planos de existência exigia muito de uma pessoa.

— Meu Deus — arfou ela. — Como é que você ainda consegue ter uma ereção depois *daquilo*?

Ele disfarçou a risada no seu cabelo cacheado e apertou seu abraço. Como era de se esperar, ela era macia e quente, um refúgio e deleite muito bem-vindos naquele mundo de merda. Ele nunca fora de fugir dos problemas, mas estava tentado a se esconder com Stacey. Apenas ficar trancafiado em um quarto em algum lugar e fingir que nada tinha acontecido naquelas últimas semanas.

— Você está esfregando e roçando seu corpinho sensual em mim. Ficaria preocupado se eu *não* tivesse uma ereção.

— Você é louco. Estou fora.

— Está? — murmurou ele, passando a mão entre as pernas abertas dela. Ele arqueou o quadril, pressionando o pau nela enquanto agarrava seu seio com a mão livre. Delicadamente, circundou seu clitóris com a ponta dos dedos, movendo-se com gentileza depois do tanto que ela esfregou de forma frenética. — Vou fazer todo o trabalho, não se preocupe.

— E-eu não... Ah! Não posso...

— Claro que pode, querida.

Connor lambeu a ponta de sua orelha, e depois enfiou a língua dentro do ouvido. Ela estremeceu e acariciou seu pau ainda úmido. Era delicioso, e ele ergueu o quadril, pressionando-o com gentileza para a frente, massageando sua boceta agradavelmente apertada com a cabeça macia de seu pau. Satisfazendo-a com seu corpo e toda sua habilidade. O calafrio criado pelos Pesadelos e a saudade de casa derreteram-se com a reação quente dela.

Stacey começou a gemer e a se contorcer, se retorcendo nos braços dele, implorando, quase sem respirar:

— ... Sim... Ah... mais fundo...

Ele segurou o mamilo dela com os dedos e o beliscou, apertando-o. Os músculos da vagina dela se tensionaram ao longo de sua extensão e o fizeram gemer.

— Isso — incentivou ele, completamente enfeitiçado por sua resposta.

Ela estava completamente focada nele, do mesmo jeito que ele se fixava apenas nela, o que era perfeito. *Ela* era perfeita.

Stacey se desmanchou em seus braços com um grito agudo que quase o fez gozar. Ele cerrou o maxilar e a segurou, acariciando-a com beijos e elogios.

— Nossa. — Ela arfou, inclinando a cabeça para encostar a bochecha na dele. — Três orgasmos em uma hora. Está tentando me matar?

— Está reclamando? Posso tentar mais.

Ela beijou a mão dele e torceu seu mamilo, fazendo-o rir.

— Gosto da sua risada — disse ela, tímida.

— Gosto de você.

— Você não me conhece.

— Humm... Sei que ama seu filho e é uma boa amiga para Lyssa. Sei que é durona e que o criou sozinha, e guarda rancor disso, com razão. É desinibida e segura de seu corpo. Tem um senso de humor malicioso e não acredita que os homens vão querer algo além de sexo com você.

— Algumas vezes isso é conveniente. — Ela riu, e o som de menina combinado com o corpo delicioso de mulher o deixou ainda mais excitado. — Nossa. Você deve querer acabar com isso.

— Só tive um orgasmo e você, três — argumentou ele. — E quero mais do que só sexo com você.

Ela ficou tensa.

— Não tenho amigos aqui, Stacey. Além de Aidan.

— Olhe... — Ela se esforçou para se sentar e tirá-lo de dentro dela.

Suspirando, decepcionado, Connor se levantou também, e tirou aquela camisinha irritante. Essa precaução não era necessária no Crepúsculo, onde não existiam doenças e a reprodução tinha que ser planejada, mas ele não podia dizer isso. Ela não acreditaria nele.

— Amizade colorida é um ótimo acordo para muita gente. Mas não para mim.

Ele aproveitou para ir ao lavabo e jogar fora a camisinha.

— Ok...

Levantou a tampa do vaso e começou a fazer xixi com a porta aberta, esperando que ela terminasse seu argumento.

Stacey se inclinou, apoiando-se no batente, e o observou com atenção. Aliviar-se na frente dela era algo rude e bem grosseiro, mas não podia negar que era íntimo, o que era o desejo dele. Intimidade. Conexão. Connor aproveitaria do jeito que ela quisesse. Também ficou fascinado por ela esquecer que estava nua da cintura para baixo, uma visão que ele apreciava demais.

— Não consigo decidir se você é completamente rude e arrogante — murmurou ela quase que para si mesma —, o que detesto. Ou se é apenas aberto e confiante, o que me agrada.

— Você gosta de mim.

Ela resmungou e cruzou os braços.

— Não conheço você tão bem como acha que me conhece. A única coisa que tem a seu favor é ser o melhor amigo de Aidan, que é gente boa, no geral.

Connor esticou o lábio inferior, fazendo beicinho.

— Os três orgasmos não valem?

O canto da sua boca se curvou e, de repente, ele estava determinado a fazê-la rir. Ela era muito séria, e ele tinha a sensação de que aquele casco protegia um conteúdo vulnerável, que pouquíssimas pessoas teriam o privilégio de conhecer.

— Não deveríamos ter feito aquilo — disse ela.

Ele deu descarga e foi lavar as mãos na pia. Analisou o reflexo de Stacey pelo espelho. Seus olhares se encontraram e se fixaram um no outro.

— Por que não?

— Porque nossos melhores amigos vão se casar. Você e eu vamos acabar nos encontrando e isso — ela balançou a mão, indicando eles dois — estará sempre presente. Essa intimidade sexual. Ter visto você fazer xixi.

Pegando a toalha, Connor secou as mãos e depois se encostou na bancada.

— Você não fica amiga das pessoas com quem dorme?

Ela mordeu o próprio lábio inferior delicioso. Ele não costumava beijar muito as garotas, mas o desejo de sentir outra vez a boca de Stacey na sua era inegável e, além do mais, o deixava excitado. Stacey tinha lábios grossos e macios. Connor queria senti-los em todo lugar. Em seu corpo inteiro.

Ao pensar nisso, seu pau, que já estava um pouco duro ao sentir a contração do recente orgasmo de Stacey, chamou atenção.

— Ok. — Ela apontou um dedo acusador para sua ereção. — Essa coisa é louca por sexo.

Connor riu, mas depois ficou em silêncio quando ela se aproximou dele. O som não saiu como ele esperava. Em vez de infantil, era baixo e gutural, quase rouco, incomum. Seus olhos verdes brilharam e suas bochechas coraram.

— Linda — disse ele.

Ela desviou os olhos, então se virou, voltando para a sala de jantar com o intuito de pegar as roupas que jogara no chão. Ela as segurou diante do peito em uma óbvia postura de defesa e ele imitou sua posição de se apoiar na pilastra.

— Você não respondeu a minha pergunta — murmurou ele, olhando-a intensamente.

Dando de ombros, ela retrucou:

— Tenho mau gosto para homens.

Ele não comentou nada, ficou apenas pensando sobre o que ela disse.

— Vou tomar banho.

Stacey passou por ele, que se esticou e pegou o braço dela, detendo-a.

— Stacey.

O olhar dela se fixou na mão dele segurando seu braço e em seguida encontrou o dele. Ela ergueu as sobrancelhas.

— Gosta de comida chinesa?

Ela deu um sorriso discreto, reconhecendo a mudança de assunto.

— Porco Mu Shu. E *wontons* de cream cheese.

— Está bem.

Ela hesitou um pouco, depois assentiu e subiu a escada.

Connor sabia o que aconteceria depois. Ela apareceria cheirosa e vestida, uma demonstração externa da sua decisão interna de se limpar. Ia querer recomeçar e fingir que nunca se viram ou transaram. Sabia disso porque era como ele lidava com situações parecidas com aquela no Crepúsculo. O treino de manhã cedo servira durante séculos como desculpa para não passar a noite. Ele queria que Stacey tivesse dado mais tempo para eles se curtirem, mas respeitava sua decisão e até achava que ela tinha razão. Melhor acabar logo com isso, transformando em um acontecimento pontual e não planejado, em vez de arriscar uma situação constrangedora.

Por natureza, os guerreiros da Elite evitavam se envolver emocionalmente. Pouquíssimos Guerreiros namoravam e, quem fazia isso, raras vezes se tornava bem-sucedido. Era exigida distância para ter sucesso, e para as Guardiãs que ficavam infelizes o bastante ao se apaixonar por um Elite, viviam um romance solitário e desigual. Eles eram incapazes de dar tanto amor quanto recebiam. Além disso, para Connor, era produtivo que ele se mantivesse focado na missão.

— Os Bruce vivem e morrem pela espada — repetiu aquela frase familiar em voz alta. Não havia outro jeito.

Por isso, ele era ótimo para proteger Sonhadoras sensuais. Formava um relacionamento simbiótico. Podia realizar uma fantasia e se conectar a outro indivíduo, aparecendo em seu sonho, enquanto satisfazia a própria necessidade de afeição. Ser o amor da vida de alguém por algumas horas bastava para aliviar o frio da casa e da cama que não dividia com ninguém.

Soltando o ar, Connor se empertigou e foi para a cozinha. Lá encontrou a gaveta onde Lyssa e Aidan guardavam os cardápios dos estabelecimentos que faziam entrega. Comiam tanto no restaurante chinês Peony, que já tinham uma conta lá. Connor tinha essa informação porque já visitara Aidan no estado sonhador.

Quando um Guardião se conectava com um fluxo de pensamento, todas as memórias do Sonhador viravam um livro aberto. Tudo o que estava armazenado no cérebro de Aidan também passou para o de Connor. De início, é uma adaptação brutal, devido aos séculos de lembranças, que incluíam tanto as de Aidan quanto as das milhares das Sonhadoras que ele protegera. Connor aprendera a se concentrar nos melhores momentos para conseguir manter a própria sanidade.

Claro que os melhores momentos da vida de Aidan eram aqueles que passara ao lado de Lyssa, o que obrigou Connor a ter a sensação de como era ser perdidamente apaixonado por uma mulher. Por séculos, ele recebia essa afeição nas fantasias. Mas só quando teve acesso aos sonhos de Aidan descobriu como era ser correspondido.

Connor pegou o cardápio que queria e fechou a gaveta. Alguma coisa quente e macia se esfregou em seus tornozelos, ele olhou para baixo e encontrou JB circulando seus pés descalços. Então percebeu que ainda estava nu. Ele ficava confortável desse jeito quando estava sozinho em casa. Porém, tinha quase certeza de que deixaria Stacey nervosa, por isso deixou o cardápio na bancada de granito e resolveu pegar alguma roupa de Aidan emprestada.

Ele terminou de subir a escada justo no momento em que a porta do banheiro social se abriu. Stacey saiu naquele pequeno corredor envolvida por uma fumaça perfumada. Seu cabelo estava enrolado em um turbante branco e seu corpo curvilíneo permanecia escondido sob a toalha da mesma cor. Ela ergueu a cabeça e o viu... por inteiro. Depois baixou o olhar para o gato que rodeava sem vergonha os pés dele, e em seguida encontrou os olhos de Connor, mas nesse meio-tempo parou em todos os pontos que aqueciam e se endureciam com seu escrutínio.

Ele gostou daquela visão tanto quanto ela. A pele de cetim de Stacey estava ruborizada por causa do banho e dos efeitos terapêuticos do alívio sexual. Seus olhos verdes com cílios volumosos estavam claros como jade, e seus lábios pareciam mais vermelhos. O nó da toalha acentuava seus seios.

De repente, sua decisão de se manter afastado e dar o espaço que ela queria foi esmagada por um desejo estarrecedor de senti-la arqueando debaixo dele. Connor não tinha ninguém com quem conversar naquele plano. Ninguém com quem compartilhar detalhes do seu dia infernal, nenhuma Sonhadora para salvar, nenhum Elite para planejar uma estratégia. Mas, naquele meio-tempo, Stacey possibilitou que ele esquecesse tudo isso. Ela lhe deu um motivo para sorrir e outra coisa no que se concentrar: ela.

Então estava concentrando-se nela naquele instante.

Ele acenou para o quarto de casal do outro lado do corredor.

— Eu ia procurar alguma coisa para vestir.

Ela assentiu.

— Vou descer em um minuto.

— Ok — disse ele, decepcionado, dominado pelas sensações estranhas.

Virando-se, Stacey seguiu para o quarto de hóspedes que ocupava. Connor não se mexeu, fascinado com a ginga delicada e natural de sua bunda perfeita. Stacey girou a maçaneta e deu um pequeno passo para dentro do quarto.

— Você está me encarando.

Ela olhou por cima do ombro antes de desaparecer do seu campo de visão e fechar a porta.

— Eu sei — murmurou ele, que ainda continuou encarando por muito tempo depois do clique do trinco.

Capítulo 6

Uma noite quente no litoral era sempre bonita. Aquela noite não era uma exceção, mas Aidan estava muito concentrado na missão de admirar o suave brilho prata da lua cheia ou a música composta pelas ondas do mar. Dando passos silenciosos, virou a esquina do hotel, seguindo para o quarto 108. Havia gente por toda parte, grupos de pessoas com 20 e poucos anos prontos para a balada, com bebidas nas mãos, e casais de idosos caminhando até a praia.

Ele não estava preocupado com a possível quantidade de testemunhas. Ali era "terra de ninguém". Merda, tinha quase certeza de que poderia pedir para alguém o ajudar a invadir o quarto. Bastava contar uma simples história que tinha perdido a chave em uma situação comprometedora e daria certo. Mas não seria necessário. Aidan simplesmente conseguira roubar a chave mestra ao arrombar o cadeado da sala do zelador que, de forma muito conveniente, ficava longe dos olhares dos hóspedes.

Armado com o acessório necessário, Aidan andou normalmente, assobiando, com as mãos nos bolsos e o pensamento em Lyssa, que esperava no carro com uma pistola carregada no colo. Ele conseguia visualizá-la: sua boca suculenta tensionada, seus olhos escuros fixos e atentos. Amava como ela era compassiva e gentil por natureza, mas também durona, esperta e disposta a fazer qualquer coisa para mantê-los vivos.

Ele já havia participado de muitas fantasias românticas com suas Sonhadoras, portanto sabia que nem todas as mulheres lidariam com a situação deles de forma tão prática. Algumas ficariam apenas lamentando e chorando enquanto esperavam serem resgatadas.

Aidan parou diante da porta certa, notando que pouca luz passava pela cortina da grande janela. Não tinha ninguém ali. Não sabia direito se isso o deixava feliz ou não. Pelo menos, se a Guardiã estivesse lá dentro, conheceria sua localização. Como não era o caso, ela poderia estar em qualquer lugar. Ou então perto de Lyssa.

Tirando a chave do bolso, Aidan a inseriu na fechadura e virou, conseguindo destrancar. Abriu a porta e acendeu o interruptor. A luz em cima da mesa que ficava entre as duas camas se acendeu, revelando que uma das camas estava coberta por objetos espalhados de uma mochila enquanto a outra foi deixada perfeitamente arrumada. Um pouco além, havia uma pia, um espelho e uma porta que dava para o banheiro.

O quarto estava vazio.

Aidan fechou a porta ao entrar e chutou a bainha da cama. A ponta da sua bota atingiu uma madeira compensada, que era uma alternativa mais barata em comparação às camas com estrutura de metal. Ninguém podia se esconder ali embaixo. Depois seguiu para o banheiro, verificando uma possível emboscada, antes de, por fim, analisar os itens em cima da cama que lhe interessavam: um comunicador, uma variedade de mapas e facas, e um chip, que, infelizmente, estava sem leitor. Quando enfiou a mão na mochila, sentiu alguma coisa dura e fria. Seu coração acelerou. Pegou o objeto e o puxou.

O *taza*. Dentro dele, algo tinha sido enrolado com cuidado em um tecido grosso. Ele pegou o pacote pequeno e o abriu, encontrando um objeto metálico encrustado com uma sujeira ressecada. Esfregando com a ponta dos dedos, Aidan viu uma delicada joia feita à mão. Não fazia ideia do que era e não saberia até que estivesse totalmente limpa, mas seu olho treinado reconhecia sua óbvia importância. Ele a embrulhou de novo e guardou no bolso, voltando em seguida sua atenção ao *taza*.

Era exatamente igual como na imagem no jornal dos Anciãos. Um metal tipo prata marcado pelos séculos, escavado e vazio onde antes havia uma joia decorando. Ele ainda precisava descobrir a serventia, mas o objeto agora era dele. Era seu pertence. Sua boca se curvou em um sorriso sincero que refletia a minúscula sensação de missão cumprida. Estava um passo mais perto da verdade. O que, felizmente, libertaria Lyssa.

Encontrou mais algumas coisas numa rápida busca pelas gavetas e pelo armário. Achou roupas e joias de *spikes*, como vira a Guardiã usar mais cedo. Ainda nem sinal do leitor do chip. Que azar, mas já era melhor que nada.

Colocou a mochila nas costas e se virou para a porta no instante em que ouviu uma chave entrando na fechadura. Aidan ficou paralisada por um segundo, logo percebendo que as luzes estavam acesas e dava para ver isso pelo lado de fora. Largando a mochila, ele se abaixou, preparando-se.

A porta se abriu bruscamente. Sua adversária partiu para cima dele, dava para ver seus movimentos apenas pelo borrão do cabelo vermelho e da saia preta esvoaçante. Um grito estridente e ensurdecedor cortou o ar, assustando-o e estimulando-o para a ação. Aidan saltou quando o corpo dela o atingiu. A velocidade na direção oposta de seu ataque jogou os dois no chão, o impacto brutal o fez grunhir e ela gritou de dor e raiva.

Eles caíram enroscados um no outro. Ela desferia dando socos e ele a acompanhava, revidando, recusando-se a permitir que seu cérebro percebesse que sua oponente era do sexo feminino. Era ela ou ele. Ele não podia encarar aquela briga de outra maneira.

Ela o virou de costas, arqueando as costas para poder socar com a outra mão. Nesse momento, Aidan conseguiu ver seu rosto. Foi bem rápido, mas o suficiente para que ficasse imóvel e em choque. Indignado, não se defendeu do golpe, absorvendo toda a força do punho dela acertando seu queixo.

A dor o tirou daquele transe de horror. Com os pés firmes no chão, ele se inclinou e a jogou por cima da cabeça. Ele se virou e montou nela, que o chutava, recebendo a enxurrada de golpes com os dentes cerrados. O braço dele recuou e socou sua têmpora. Foi tão forte que teria derrubado um cara grandalhão. A ruiva apenas exibiu suas garras e rosnou como um animal selvagem.

— Que porra é essa? — resmungou Aidan, esforçando-se para deter a Guardiã feroz.

Juntos, bateram tão forte na cômoda próxima que a fizeram atingir a parede. As unhas da mulher cravaram na pele exposta dos antebraços dele, rasgando sua camiseta. Aquele ataque era diferente de tudo pelo que Aidan passara em séculos de existência. A mulher estava possuída, implacável e, de alguma forma, usava algum poder que lhe permitia continuar firme quando mais ninguém ainda estaria consciente.

No fim das contas, ele só tinha uma opção.

Misteriosamente determinado, Aidan mudou de posição e agarrou a cabeça dela. Então, girando à sua volta, tentou quebrar seu pescoço. Um trabalho que deveria ter levado menos de um minuto, mas ela era forte de uma forma inacreditável e rosnava como uma besta louca. Uma dor lancinante o atingiu na perna, injetando-lhe a adrenalina que precisava para torcer seu pescoço o suficiente. O barulho da coluna vertebral dela se quebrando reverberou pelo quarto. O ruído — interrompido apenas pela sua respiração ofegante e difícil — foi de arrepiar.

Aidan encarou o corpo sem vida que tinha nos braços, ainda com a mente agarrada aos olhos dela, que eram totalmente pretos, sem pupilas nem íris, e aos dentes dela, que eram entalhados e afiados de um jeito terrível.

Independentemente do que ela fosse, não era uma Guardiã. Disso ele tinha certeza absoluta.

Aidan se levantou e, então, caiu de joelhos, xingando. Olhou para sua perna e notou que havia uma adaga cravada, explicando a forte dor que sentiu.

— Droga!

Após tirar a adaga da coxa, Aidan rasgou um pedaço da saia de algodão preta da mulher ruiva e amarrou nele como se fosse uma bandagem. Estaria totalmente recuperado pela manhã, mas precisava resistir até lá.

— Merda. — Olhou para a *coisa* morta no chão. — Como vou carregar você com a perna desse jeito?

Mas não tinha como deixá-la para trás. Não era humana, e ele não podia ser indiciado por assassinato.

Aidan se levantou de novo, apoiando-se na televisão enquanto o quarto rodava. Precisava tanto de oxigênio quanto se tivesse corrido uma maratona e, como a adrenalina havia baixado, estava tomando consciência dos inúmeros arranhões e machucados menores em seu corpo. Sua perna doía demais.

Abaixando-se, pegou a mochila. Então jogou o peso morto de seu fardo indesejado no ombro e deixou o quarto.

Ele estava a várias portas de distância da saída quando um grupo de moleques "vestidos para impressionar" viraram no corredor à sua frente e perguntaram:

— O que está acontecendo, cara?

— Eu disse que ela devia ter parado depois do quinto copo — explicou ele, andando mais devagar. — Ela não me ouviu. Deu um monte de merda depois disso. Só espero que a gente consiga chegar ao quarto antes que ela vomite nas minhas costas.

— Que merda para você — lamentou um dos rapazes. — As baladas estão começando a bombar e sua noite já era. Nenhuma boceta para você também, a menos que abra as pernas dela.

— Bem que eu queria — disse ele, enfatizando cada palavra.

O resto do grupo riu e sugeriu que ele "deixasse a vadia em casa da próxima vez".

— Boa ideia — murmurou ele, seguindo em frente.

Era uma longa caminhada do quarto dos fundos até o Honda Civic verde-escuro alugado, muito mais demorada do que a ida até ali.

Lyssa pulou para fora do carro ao ver ele se aproximando, travando a pistola antes de enfiá-la na parte de trás do short jeans. Seu cabelo loiro na altura dos ombros estava preso em um rabo de cavalo e seu abdômen definido, exposto pela blusinha cropped branca. Ela estava de cara lavada, e mesmo assim Aidan tinha certeza de que nunca vira nada ou ninguém mais bonito na vida. Não se arrependia de coisa alguma que precisava fazer para mantê-la em segurança.

— Ah, meu Deus. — Ela piscava depressa. — Você a está *sequestrando*?

— Tipo isso — murmurou ele tropeçando na rua esburacada.

— O que foi? Ah, merda! Sua perna está sangrando.

— Abra a porta de trás, coisa linda.

— Não me chame de "coisa linda" — retrucou ela, por mais que tenha se apressado para obedecê-lo. — Não é para você se machucar!

— É, bem, melhor que morrer como nossa amiga aqui.

Ele notou o horror e a confusão que invadiu Lyssa.

— Meu Deus... ela está *morta*? E você a está colocando no carro? — Lyssa ficou imóvel, observando-o ajeitar a passageira no banco de trás. — Que porra estou dizendo? — disse ela, por fim, a altura de sua voz era o único sinal de que estava extremamente perturbada. — Temos que levá-la conosco. Não podemos deixá-la aqui, certo?

— Não, não podemos. — Aidan saiu do banco de trás estreito e se empertigou para encará-la. Estava pálida, com os olhos arregalados, e os lábios também sem cor. Pela primeira vez, tinha uma prova irrefutável do que ele era: um guerreiro que matava quando era preciso. — Você está bem?

Lyssa respirou fundo, com o olhar fixo no corpo dentro do carro. Então, assentiu.

— Sim.

— *Nós* estamos bem? — perguntou ele, sério.

Ela franziu o cenho e o encarou. Mas depois sua expressão ficou tranquila.

— Sim. Nós estamos bem. Sei que fez isso por mim. Por nós. Era você ou ela, não é?

— É.

Ele queria tocá-la, acariciar seu rosto, puxá-la para perto e sentir o cheiro da sua pele. Mas se sentia sujo, e não queria colocar as mãos nela antes de se limpar.

— Bom, não é por ela que estou apaixonada, então você fez a escolha certa.

Ele riu de alívio, e a tensão foi drenada de seu corpo.

— Ela estava com o *taza* também, o que é conveniente para caralho considerando que não vamos para Ensenada.

Quando ela se recompôs, ergueu o queixo e ajeitou os ombros.

— Devo pegar nossos suprimentos?

Foram precavidos e trouxeram uma maleta de primeiros socorros. Levavam uma vida perigosa juntos e nenhum dos dois se esquecia disso.

— Não aqui — disse ele. Seu tempo de recuperação era rápido comparado ao dos humanos, mas ele descobrira que alguns pontos poderiam transformar várias horas de recuperação em uma ou duas. — Vamos voltar para a fronteira e paramos em algum lugar mais sossegado.

Havia uma pá no porta-malas, que fazia parte do kit que ele pegara no depósito militar. Sabia também que Lyssa estava pensando nisso.

— E a estátua de McDougal?

— Direi a ele que fui assaltado e me machuquei, o que interrompeu a viagem.

Lyssa ergueu uma sobrancelha.

— Você, desse tamanho?

Aidan deu de ombros.

— Ele não tem como saber se estou falando a verdade.

— Tudo bem. — Ela deu um passo para trás e abriu a porta do carona para ele. — Vamos logo.

Sem conseguir manter distância, ele deu um beijo na sua bochecha antes de entrar com cuidado no carro.

— Eu te amo — disse ela.

— Obrigado. — Seu olhar encontrou o dela. — Eu precisava ouvir isso.

Ela soprou um beijo para ele.

— Eu sei.

Em minutos, estavam na estrada que levava para o norte.

Stacey observava Connor servir mais frango Kung Pao no prato. Havia várias caixas de comida chinesa espalhadas pela mesa de centro. Ela colocou os hashis na mesa e pegou um *wonton* de cream cheese.

— Nunca vi ninguém comer tanto durante uma refeição — disse ela com ironia.

Ele deu aquele sorriso infantil que a deixava com um frio na barriga.

— Você também é boa de garfo — comentou ele. — Gosto de comer.

— Meus quadris não gostam.

— Seus quadris não sabem o que é bom.

— Rá.

Connor lançou um olhar brincalhão para ela e manejou os hashis com sabedoria para colocar um pedaço de frango na boca. O olhar dela baixou para a barriga dele e admirou a beleza masculina daquele abdômen trincado. Mesmo depois de comer uma quantidade de comida suficiente para alimentar Justin e ela por uma semana, continuava definido, lindo e sarado.

Maravilhoso.

Ela continuava processando o fato de terem transado, apesar de seu corpo ainda se arrepiar com os efeitos do sexo. Estavam sentados de pernas cruzadas no chão da sala assistindo a *A Múmia*, um de seus filmes preferidos. Ela era viciada em filmes de ação que tinham um herói gostoso e um pouco de romance. Connor disse que também gostava, mas passou a maior parte do tempo observando mais Stacey do que a televisão. Achou que ele fosse perder o interesse nela depois de transarem, pelo menos um pouco. Em vez disso, parecia mais interessado do que antes. Ela tinha que admitir que também estava encantada por ele.

— Então, por que você está aqui? — perguntou ela, apoiando o cotovelo na mesa e o queixo na palma da mão.

— Tenho que dar uma notícia a Aidan.

— Não podia ligar?

Ele negou com a cabeça, sorrindo.

— Tentei. Mas ele não se lembra de nada que falo para ele.

— Típico dos homens — zombou ela.

— Olhe lá, docinho.

Stacey gostava quando ele a chamava assim. Havia algo no seu sotaque forte que acrescentava certa sinceridade ao tratamento comum.

— Você é um ex-militar das Forças Especiais como Aidan?

— Sou. — Sua resposta saiu em um tom melancólico.

— Parece que sente falta.

— Sinto mesmo. — Ele esticou o braço e roubou a metade de *wonton* que havia no prato dela e colocou na boca.

— Ei! — protestou ela, franzindo o cenho. — Tem mais na caixa.

— Não são tão bons como o seu.

Ela estreitou os olhos e ele lhe mostrou a língua. Na tela, Rick O'Connell lutava com um bando de pessoas com a praga. Ela ficou assistindo à cena, depois perguntou a Connor:

— Então o que você faz agora que saiu do exército ou sei lá de onde?

— O mesmo que Cross.

Ela tentou forçar Aidan a citar o nome de algum setor militar ou afiliação, mas ele não ia falar. Lyssa mencionara que era uma coisa ultrassecreta.

E daí?, dissera Stacey. *Se ele me contar, vai ter que me matar?*

Lyssa riu.

É claro que não.

Porque, sério, murmurara Stacey, *a curiosidade está me matando, doutora. Ele pode me contar também. Seria mais gentil.*

Claro que Aidan preferiu não envolvê-la em seus problemas. Ela sabia que Connor faria o mesmo. Ele tinha um ar de mistério parecido com o do namorado de Lyssa, como se soubesse quais perguntas seriam feitas.

— Sabe — começou ela —, nos romances, os heróis das Forças Especiais geralmente se tornam experts da segurança de alta tecnologia quando se aposentam. Não... pesquisadores... ou um especialista na área de compras.

Connor limpou as mãos no guardanapo e se inclinou, colocando o peso nos braços apoiados atrás do corpo. Ele estava usando apenas um short largo listrado de pijama, deixando seu tronco nu para a felicidade de Stacey. O corpo dele era uma máquina perfeita, capaz de aguentar seu peso como se não fosse nada. A largura impressionante de seus ombros musculosos e seus bíceps...

Ela ficou com água na boca. Nossa, ele era primitivamente lindo. Nada refinado. Até descansando, como naquele momento, sentia que ele ficava em alerta, como se tivesse um poder que o deixava sempre pronto para atacar.

— Você está me encarando — murmurou ele, seus olhos azuis a observando com uma intensidade predadora. Ela sabia que, se lhe desse qualquer incentivo, ele a deitaria em um minuto ou menos.

A imagem a deixou arrepiada.

— Eu sei — disse ela, imitando o que ele falara mais cedo.

O canto de sua boca muito saborosa se ergueu formando um meio sorriso.

— Então... está dizendo que não sou um herói de romance porque não instalo sistemas de segurança?

Ele era um herói de romance, sim. Pelo menos tinha a aparência de um. E na cama se comportava como um.

— Não foi isso que eu falei. — Stacey deu de ombros de um jeito infantil e voltou a olhar para a televisão. Era tortura desviar os olhos da sua pele bronzeada, mas também era autopreservação. — Só estou dizendo que não espero que caras como você e Aidan se interessem em procurar coisas antigas para velhos endinheirados. Eu achava que vocês ficariam entediados depois de toda... a agitação com a qual estavam acostumados.

— O mercado negro não é seguro — disse ele com delicadeza. — A qualquer momento, pessoas diferentes querem a mesma coisa, a situação pode ficar feia. Se eles quiserem muito, pode se tornar mortal.

Ela o encarou.

— Não parece o emprego dos sonhos.

Os lábios de Connor se franziram por um instante, e em seguida ele disse:

— Na minha família, todos somos militares. É uma tradição.

— Sério?

Ele deu de ombros discretamente, o que provocou movimentos maravilhosos com seu peitoral.

— Sério.

— Então você nunca quis fazer outra coisa?

— Nunca pensei em outra coisa.

— Isso é triste, Connor.

O som de seu nome pronunciado por ela deixou os dois chocados. Stacey percebeu que o afetou, porque ele ficou piscando depressa e pareceu um pouco confuso. Ela sabia que pensava nele como muito mais que um amigo. De um jeito obsceno. Ela queria lamber e morder toda a pele deliciosa dele. O cabelo castanho com mechas claras era comprido demais, enrolando-se na nuca e no topo das orelhas. Ela queria tocá-lo. Passar os dedos pelo corpo dele.

— Qual é o seu sonho? — perguntou ele, a intimidade em sua voz a enfeitiçou ainda mais. Ele indicou com o queixo a mesa de jantar onde ela tinha largado seus livros ridiculamente caros. — Está trabalhando nisso agora?

Ela quase disse "sim", pensando que, de certa forma, era o que estava fazendo. Em vez disso, revelou algo que nunca dissera nem para Lyssa.

— Eu queria ser escritora — confessou.

Surpreso, ele ergueu as sobrancelhas.

— Escritora? Que tipo de escritora?

Stacey sentiu seu rosto esquentar.

— Escritora de romance.

— *Sério?* — Foi a vez dele de parecer chocado. E ficou mesmo.

— Sério.

— O que aconteceu?

— A vida.

— Ah... — Ele se empertigou, depois a surpreendeu ao tocar seus dedos, que rodopiavam um biscoito da sorte. A sensação de seu toque era quente e reconfortante. Sua mão era tão grande que fazia a dela parecer minúscula. Aquele homem tinha pelo menos o dobro do tamanho dela, e ainda assim conseguia ser gentil. — Era a última coisa que eu chutaria.

— Eu sei.

— Você é tão prática.

— Quem me dera.

— Desistiu do seu sonho?

Ela sentiu a conexão física deles, a pele dele era muito mais escura que a dela, com as articulações cobertas por pelinhos dourados quase imperceptíveis.

— Lógico. Era bobo.

Connor não conseguia pensar em nada para dizer sobre o desânimo de Stacey com algo que obviamente era importante para ela. Ele não era Educador ou Curandeiro, e nem costumava passar tempo com as mulheres. Pelo menos não tocava em assunto cujo objetivo não fosse seduzir. Quando as mulheres vinham até ele, não queriam conversar. O melhor que ele pôde fazer para consolá-la foi acariciar o centro da palma da mão dela com seu polegar cheio de calo.

O simples toque o excitou. Quando ele desceu a mão pelo punho de Stacey, a batida acelerada do coração dela denunciou que ela também tinha ficado excitada. Nenhum dos dois fez nada em relação àquela atração, apesar de estarem ofegantes. Ele se sentia satisfeito só por curtir o toque suave do desejo pulsando em seu sangue.

Então o telefone tocou e acabou com o momento.

Ela piscou, como se acordasse, e se levantou.

— Aidan ligou mais cedo quando você estava dormindo. Deve ser ele de novo.

Connor também ficou de pé e a seguiu até a cozinha. Stacey pegou o telefone, observando o DDD denunciado pela bina. *Best Western Big Bear*. A tensão que tomou a pequena Stacey ficou evidente. Ela apertou o botão para atender e colocou o telefone na orelha.

— Oi, querido.

Ele colocou as mãos nos ombros magros dela e começou a massageá-los gentilmente, amenizando a tensão que retesava seus músculos.

— Mas você tem escola — argumentou ela, o que resultou em uma longa discussão do outro lado da linha. — É, faz muito tempo... — Seu peito subiu e desceu em um suspiro silencioso. — Tudo bem. Pode voltar na segunda à noite.

Deu para ouvir do outro lado o grito de alegria pelo consentimento de Stacey.

— Ok. — Ela tentou, corajosamente, parecer animada. — Fico feliz que você esteja gostando... Também te amo. Não esqueça o casaco. Use aquele cachecol que Lyssa te deu de Natal. — Ela deu uma risada fraca. — É, quem diria que você iria usar aquilo? Lógico... Não se preocupe comigo, estou assistindo a *A Múmia*... Já vi uma cem vezes, sim, e daí? O filme é bom! Ok... Boa noite... Te amo.

Ela desligou e o braço que segurava o telefone caiu ao lado do corpo em um gesto de derrota.

— Ei — murmurou Connor, acariciando o braço dela até alcançar o telefone. Ele o tirou de seus dedos nervosos e o colocou na bancada da cozinha. — Está tudo bem. Ele vai voltar logo.

— É exatamente isso — disse ela, virando-se para ele só porque segurou seus ombros e a forçou a fazer isso. — Não sei se ele vai voltar nem se vai continuar comigo quando voltar.

Connor olhou para baixo, observando o seu rosto infeliz com a ponta do nariz vermelha e a boca formando um sorriso triste. Segurando o rosto dela entre as mãos, roçou o polegar em sua bochecha.

— Ele tem 14 anos — disse ela, lamentando. — Quer um pai, um homem com quem possa conversar e aprender. Tommy mora em Hollywood, que é cheio de glamour e coisas acontecendo a todo minuto. Justin detesta viver aqui no Vale. Diz que é um tédio e, para crianças da idade dele, sei que é. Eu me mudei para Murrieta porque era barato na época, poderia comprar uma casa e juntar dinheiro, e também porque é um lugar tranquilo. Não tem muita coisa por aqui que possa colocar um adolescente em perigo.

— Viu? — disse ele. — Uma mulher prática, como falei.

Uma mulher corajosa. Forte. Uma mulher que ele admirava.

Ela forçou um sorriso e ao ver isso ele teve a sensação de levar um soco no estômago. Detestava aquela fachada que ela construía para deixá-lo feliz. Queria Stacey por inteiro, como realmente era. Connor Bruce, mais conhecido como "o cara com quem não se envolvia emocionalmente", queria os sentimentos de Stacey.

— Se Tommy decidir que quer ser pai em tempo integral — continuou ela choramingando —, Justin vai fazer isso. Tommy é tão infantil quanto o filho, por isso se divertem juntos.

Ela deixou a cabeça tombar para a frente, escondendo o rosto em seus cachos escuros.

— Tommy também me processaria para conseguir pensão, o que facilitaria a vida dele. E, mesmo se isso não ocorresse, ainda assim eu mandaria dinheiro para eles. Deus sabe o que iriam comer se não fosse isso. Uma refeição por dia no estúdio? *Se* Tommy tiver sorte o bastante para trabalhar em troca de uma!

Um soluço discreto preencheu o ar e Connor fez a única coisa que podia: segurou o queixo dela e aproximou sua boca da dele. Foi uma gentil oferta de consolo, só os lábios, sem língua. Não exigiu demais dela e ofereceu consolo da única forma que sabia.

— Está se precipitando, docinho — murmurou ele, roçando o nariz no dela.

— Desculpe. — Stacey correspondeu seu beijo com breves selinhos. Beijos doces. — Estou confusa hoje. Devem ser os hormônios ou algo do tipo. Juro que não sou assim normalmente.

— Está tudo bem.

O surpreendente é que estava mesmo.

Recuando um pouco, Connor se inclinou e a pegou no colo. Ele a carregou pela sala de jantar até a de estar, onde se sentou no sofá, colocando-a no colo. Ela cabia com perfeição ali, seu corpo gostoso se ajeitou calorosamente na pele nua dele. Connor colocou a cabeça dela sob seu queixo e a ninou.

Dar e receber. A conexão que buscou e da qual precisava desesperadamente mais cedo, foi restabelecida sem sexo e, ainda assim, fortalecida pela transa frenética de antes. Após se livrar do desejo carnal, eles ficaram expostos a outros sentimentos, exibidos ali. Compartilhados e compreendidos.

— Obrigada — sussurrou ela, se enroscando mais nele.

Pouco depois, a respiração regular e superficial dela indicou que Stacey estava conectada ao Crepúsculo. Na casa dele, onde pertencia. Sonhando.

Connor torcia para que fosse com ele.

Capítulo 7

Com passos impacientes, Connor caminhou pelo corredor de pedras em direção à caverna principal. Conforme se aproximava da gruta, o ar ficava mais úmido devido à grande quantidade de água que havia depois da borda escarpada. O cheiro de bolor e de musgo no ar o fez desejar a vida de algumas semanas atrás. Uma vida na superfície com mulheres, cerveja e uma boa briga quando preciso.

E uma porta de entrada e outra de saída. Seria bom.

Não estava ansioso pelo mergulho obrigatório na água gelada do lago. Era quase uma tortura subir até a superfície com os pulmões envolvidos por aquela temperatura fria. Diferentemente de tudo no Crepúsculo, a água do lago não poderia ser alterada com um mero pensamento. Nenhum desejo, comando ou esperança tornavam o líquido mais suportável.

Então saudou seus homens, verificou se a espada estava segura na bainha que atravessava suas costas, e mergulhou.

Bastante tempo depois, Connor emergiu, com muito frio e arfando, rastejando-se pelo banco de areia enquanto sofria arrepios violentos. Tinha uma sensação de déjà vu *tão incômoda que não percebeu que não estava sozinho até ser derrubado.*

Quando um corpo menor e mais resistente se enroscou no dele, seu gemido de indignação refletiu-se na superfície da água e aliviou sua tensão. Connor se virou e se atracou com o agressor até os dois caírem no lago, espirrando água quando os corpos a atingiram. Segurou seu agressor pela gola do robe e o arrastou até a costa.

— Espere — gritou Sheron.

Connor colocou o braço por cima do ombro para pegar sua espada.

— Já passamos por isso, meu velho — rosnou ele.

— Não terminamos nossa discussão.

— Então comece a falar antes que eu perca o resto da minha paciência.

O Ancião tirou o capuz encharcado.

— Lembra-se do que eu disse sobre os fluxos de passagem que estabilizamos no Templo?

— Ahã.

— E que o único local no Crepúsculo seguro dos Pesadelos é a caverna que você comandou?

— Sim.

— Os Pesadelos se infiltraram nos fluxos do Templo, Bruce, fundindo-se com o Guardião para formar apenas um indivíduo.

— Caralho. — Connor cerrou o punho em sua espada e uma gota de suor escorreu por sua sobrancelha. — Eles conseguem viajar sozinhos? Os humanos estão encrencados? Enfim, ferramos todos ao infectar o mundo deles, além dos sonhos?

— Pelo que sabemos, não. Diferentemente dos fluxos da caverna, esses portais ficam abertos por um curto período de tempo, apenas o suficiente para o salto. Então voltam a se fechar.

— Como descobriram o que estava acontecendo?

— Começamos a mandar depressa guardas pelo ciclo, indo e voltando.

Connor começou a andar de um lado para outro.

— Ficou aparente ao longo do tempo que alguns dos guardas não estavam bem — prosseguiu Sheron. — De início, achávamos que era por causa da localização.

— Estar fora da caverna.

— Sim. Então começaram a mudar. Física, emocional e mentalmente. Extraindo medo e tristeza daqueles à sua volta que pareciam

ser muito importantes para eles. Tornaram-se mais violentos e cruéis. Seus olhos passaram a mudar de cor. Pararam de comer.

— Caramba...

— Até que percebemos o que estava acontecendo. Os Pesadelos dentro deles tomaram conta, levando os Guardiões a aterrorizarem para que pudessem alimentar as emoções negativas.

Desde que os Pesadelos descobriram o subconsciente humano através da fissura criada pelos Anciãos, usam o poder da mente deles para sobreviver. Medo, fúria, decepção... eram incentivados pelos sonhos e alimentavam muito bem os Pesadelos.

Baixando a espada, Connor deixou uma mão livre para esfregar o maxilar.

— Quantas coisas dessas têm por aí?

— Havia doze na trilha original, mas só uma afetou um Guardião, que tinha ficado vivo, mas você o matou hoje.

— Deve ficar agradecido por esses pequenos favores, hein? — resmungou Connor.

Sheron tirou a bainha da sua cintura muito fina e pegou a água que havia guardado ali. Depois, empunhando sua espada, foi até uma rocha próxima, deixando uma trilha de gotas ao andar.

— O que não está me contando?

Connor o perseguiu com a espada na mão. Ele não confiava em Sheron, pois podia ser traído por ele. Não mais. Ficava triste ao pensar que já confiara sua vida àquele homem.

— O que vim dizer para você. — O Ancião se sentou em uma grande rocha e abriu suas vestes encharcadas o máximo que conseguiu. — A trilha era considerada um sucesso antes do aparecimento dos sintomas de possessão de Pesadelos. Fazíamos viagens bem-sucedidas, sem efeitos colaterais. Mas a leva de um contingente de guardas e Anciãos foram enviados antes de compreendermos a extensão do problema.

Connor sentiu o estômago embrulhar.

— Bom, tragam-nos de volta, caramba!

— Não podemos. No momento em que percebemos o erro, os Guardiões tinham mudado tanto que se tornaram incapazes de voltar

pelo mesmo caminho. Não eram mais os mesmos indivíduos que partiram. Conseguimos recuperar apenas os que não foram afetados.

— Que merda vocês fizeram? Quantas coisas dessas estão soltas por aí?

— Dez da leva foram incapazes de retornar. Enviamos mais vinte desde então. Uma aposta. Aqueles que não foram afetados vão caçar os que foram e destruí-los. Cross vai esperar ser procurado pelos Guardiões, mas ele não consegue descobrir nada sobre os híbridos.

Antes da rebelião, Aidan era o capitão e Connor, seu tenente. Juntos, comandavam a Elite com uma precisão impecável. A vida parecia tão simples naquela época. As coisas tinham se complicado tanto...

— Por que está me contando isso? — perguntou Connor, desconfiado.

— Não desejo a morte de Connor.

— Mas quer que a Chave morra — retrucou ele. — E vai matar Cross para alcançar a Chave, tenho certeza.

— Vamos cuidar disso quando chegar a hora.

— Até parece!

Connor se lançou como um míssil, voando pelo ar e batendo o ombro no peito do outro homem.

O Ancião seria um bom refém.

Eles caíram, rolando pela areia...

Arfando, Connor se sentou ao acordar, e isso também despertou a mulher curvilínea e sensual que dormia em seus braços.

— Ei. — A voz de Stacey saiu rouca de sono. Sob o brilho da televisão no mudo, ele a viu virar a cabeça em sua direção. Estavam deitados no sofá; Connor recostado, ela apoiada nele. — Você está bem? Teve um pesadelo?

Ele se ergueu e passou por cima dela com cuidado.

— Tive.

— Quer que eu faça um chá ou algo assim?

— Não. — Inclinando-se, beijou a testa dela. — Volte a dormir. Acabei de me lembrar de uma coisa importante e é melhor escrever antes que esqueça de novo.

Connor foi até a bancada da cozinha, acendeu as luzes e pegou o bloco de anotações que vira mais cedo. Em seguida, puxou uma cadeira da mesa de jantar, pegou a lapiseira de cima dos livros de Stacey e focou sua atenção em encontrar um papel em branco.

Conforme folheava as páginas cheias de desenhos de Aidan, o coração de Connor se acalmou. Passou a respirar mais fundo e de forma mais regular. As imagens de Aidan não retratavam o mesmo homem de quem lutara ao lado por séculos. O Aidan retratado, em detalhes, à lápis por Lyssa parecia mais jovem e feliz. Seus olhos estavam brilhantes e as linhas de tensão no rosto, menos aparentes.

Connor ficou bastante tempo analisando os desenhos, até que escutou uma movimentação no sofá. Ele se virou e viu Stacey virada de lado, com os olhos tremulando ao voltar a dormir.

Ele sorriu, percebendo de novo que a aflição de seus sonhos sumiram só porque ela estava por perto. Era maravilhoso o que o consolo de uma mulher podia causar no homem. Foi capaz de entender como o relacionamento de Aidan e Lyssa mudara seu amigo de maneiras incríveis.

O que só deixava Connor mais determinado a ser bem-sucedido em sua missão.

Estava ali por um motivo. Suas ações naquele plano de existência iriam manter em segurança as pessoas com quem se importava. Também estava cumprindo a promessa que fizera há muito tempo: proteger os Sonhadores dos erros dos Anciãos.

Voltando a se concentrar em sua tarefa, Connor se focou no papel em branco na sua frente e tentou organizar os pensamentos.

Aidan não se lembrava das conversas que tinha nos sonhos. Connor não tinha motivo para pensar que seu cérebro seria diferente, o que significava que os dois "encontros" com Sheron eram frutos de sua imaginação.

Mesmo assim, embora soubesse como os sonhos funcionavam, tinha dificuldade em acreditar que a fantástica história que Sheron lhe contara fosse fruto de sua imaginação. Ele não pensava naquelas merdas. Considerava-se mais atraente do que inteligente.

A menos que os Anciãos conhecessem um jeito e os Guardiões não... Ou será que Wager tinha conseguido mais informação com chip?

Confuso e um pouco horrorizado com as diversas possibilidades — a pior ideia sendo a de que seu sonho fosse verdade —, Connor começou a escrever.

Foram os sons da porta se abrindo e do motor do portão da garagem em funcionamento ao longe que acordaram Stacey. Sonolenta e confortável demais, levou um minuto para entender onde estava. Esfregando as pálpebras pesadas com os punhos, ela se mexeu um pouco e percebeu que estava deitada de conchinha com um homem corpulento que também dormia.

Seu cérebro começou a funcionar aos poucos, cada parte de uma vez, registrando o braço e a perna pesados que estavam em cima dela, os lábios macios, a respiração quente acariciando seu ombro, a ereção matutina que cutucava insistentemente sua bunda. Estavam no sofá da sala, deitados de conchinha, o queixo de Connor apoiado na cabeça dela, com metade do corpo por cima do de Stacey. Geralmente, ela precisava de um cobertor grosso para aquecê-la, mas o corpo quente do homem parecia uma fornalha em suas costas. Embora estivesse com a blusa de seda listrada do pijama e uma calça combinando, não sentia frio.

Piscando, Stacey olhou através da sala de jantar para a cozinha e se deparou com dois rostos igualmente chocados encarando-a.

— Hã...

Horrorizada ao pensar que Connor poderia sentir o seu bafo adormecido, Stacey colocou a mão na boca e tentou sair daquela posição. Ele também estava vestido, é claro, mas isso não melhorava a situação. Não tinha jeito de fingirem que nada havia acontecido entre eles.

A reação de Connor aos seus movimentos foi um resmungo de protesto e uma mão grande envolvendo seu seio. Seu mamilo, desavergonhadamente feliz com a atenção que recebeu, logo enrijeceu na palma da mão dele, o que causou um efeito previsível em seu pênis.

— Humm... — ronronou ele, puxando-a e aproximando seu quadril do dela, se insinuando.

Aidan e Lyssa ficaram boquiabertos.

Stacey estremeceu e beijou a mão de Connor.

— Pare com isso! — sussurrou ela. — Eles estão em casa.

Stacey percebeu o instante em que ele absorveu a informação. Connor já estava duro, então murmurou um xingamento que mal deu para ouvir. Erguendo a cabeça, olhou por cima do ombro dela e disse:

— Cross.

— Bruce — respondeu Aidan, tenso.

Movimentando-se, Stacey rolou para fora do abraço de Connor que se afrouxara e se jogou, caindo sem cerimônia com as mãos e os joelhos no chão, entre a mesa de centro e o sofá. Connor se sentou.

— Vocês voltaram mais cedo — disse ela fingindo estar alegre enquanto Connor se levantou e a puxou junto. — Como foi a viagem? — Rápida no gatilho, pensou. Geralmente, essa técnica funcionava, pelo menos por um tempo.

— Fui esfaqueado na perna — murmurou Aidan.

— Ajudei a enterrar uma aberração da natureza. — Lyssa estremeceu.

Foi a vez de Stacey ficar boquiaberta. Baixou o olhar para a grande atadura branca amarrada na altura do joelho de Aidan.

— Ah, meu Deus — disse ela, contornando depressa a mesa de centro antes de se lembrar de que estava sem sutiã. Seu rosto se aqueceu, e ela envolveu o próprio corpo com os braços. Um milésimo de segundo depois, a manta que decorava o sofá de Lyssa foi colocada sobre seus ombros. Ela olhou para Connor, agradecida.

Ele lhe respondeu com um sorriso firme.

— Suba e se troque — disse ele, olhando para Aidan por cima da cabeça dela.

— Vou com você — falou Lyssa depressa. — Preciso tomar um banho demorado.

Stacey observou sua chefe, reparando na pele pálida e nas olheiras sob os olhos castanhos dela. Lyssa não parecia tão cansada assim desde que Aidan surgira em sua vida.

— Está mesmo precisando, doutora.

Stacey esperou a amiga para subir a escada.

Connor permaneceu no lugar em pé e orgulhoso, apesar de estar sem camisa. Não desviava os olhos de Aidan.

Assim que Lyssa chegou ao andar de cima e sussurrou:

— Você *dormiu* com ele? *Já?*

Hesitante, Stacey retrucou:

— Por que acha isso?

Lyssa respondeu arqueando uma sobrancelha.

— Está bem, está bem.

Stacey levou a doutora até a suíte do casal e fechou a porta.

— Você não é assim, Stacey!

— Eu sei. Mas... aconteceu.

Lyssa se sentou na beirada da cama e olhou ao redor.

— Cadê Justin?

— Não está aqui — murmurou Stacey, passando a mão no ninho de rato que era o seu cabelo. Estava sempre horrorosa pela manhã. Bem diferente do jeito que gostaria que o cara mais gostoso que ela já conhecera a visse.

— Estou percebendo — disse Lyssa seca.

Antes, o quarto era decorado com vários tons de azul para ajudar Lyssa a dormir. Agora tinha um estilo oriental, com uma tela *shojii* gigante diante da porta de correr de vidro à esquerda da cama e toalhas pretas bordadas com letras *kanji* douradas no banheiro sem porta à direita. Uma manta de cetim vermelha e brilhante cobria a cama, e o colchão era rodeado por uma madeira sob uma pintura multicolorida laqueada na parede.

Era um quarto exótico e singular, sensual e sedutor. Bem diferente do tom bege discreto que decorava o restante da casa, ou as estampas de vitória-régia da clínica veterinária. Antes de conhecer Aidan, Stacey nunca poderia imaginar que a amiga tinha esse gosto, mas combinava com a mulher que Lyssa havia se tornado. Por ser muito branca — e Lyssa era quase uma Barbie perfeita com olhos escuros amendoados —, o toque internacional ao quarto comprovava a existência de um lado aventureiro que Stacey não conhecia.

— Tommy ganhou um dinheiro extra — disse Stacey. — Veio buscar Justin e o levou para passar o fim de semana em Big Beara.

Lyssa piscou.

— Ah, uau!

— É, essa também foi a minha reação.

— Quando foi a última vez que os dois se viram?

— Há cinco anos. — Stacey se sentou na cadeira de madeira ao lado da porta. — Então, como foram suas miniférias?

Balançando a cabeça, Lyssa disse:

— Ah, não, você não vai mudar de assunto assim tão fácil.

— Ei, você foi a um funeral de uma aberração da natureza! — protestou Stacey. — Isso é muito mais interessante do que a minha vida sexual.

— Não foi um funeral, eu estava no meio da estrada — murmurou Lyssa, tirando a blusa branca da Vans suja de lama e se deitando na cama, apoiando a cabeça na mão. — Não podíamos deixar lá. Era... *nojento*.

O horror na voz de Lyssa deixou Stacey preocupada. Já era demais.

— Sei que ama animais e tal, doutora, mas parar o carro no meio da estrada para enterrar algo é muito sórdido.

— Vamos voltar ao assunto que envolve você *fazendo* coisas sórdidas — retrucou Lyssa, sem disfarçar sua ansiedade.

Stacey riu.

— Isso é tão adolescente.

— Não é? Então, o que aconteceu?

Soltando o ar exasperada, Stacey desistiu de tentar ser evasiva e começou a explicar o que ela ainda não entendia.

— Cara — murmurou Aidan, fazendo careta. — Sua noite com Stacey ainda vai me dar dor de cabeça.

Connor cerrou o maxilar e cruzou os braços. De jeito nenhum iria ser punido por seus assuntos pessoais.

— Detesto dizer isso, Cross, mas minha vida sexual não tem nada a ver com você.

Xingando baixinho, Aidan arranjou um espaço entre os livros de Stacey na mesa de jantar para colocar sua mochila preta.

— Quando inclui a melhor amiga de Lyssa tem a ver, sim.

— Ah, é? Por quê?

Aidan o observou por cima do ombro.

— É isso que vai acontecer: você vai irritar Stacey por um motivo aqui e outro ali. Ela vai reclamar para Lyssa, que vai resmungar comigo. E vou dizer "me deixe fora disso", mas aí ela vai me mandar dormir no sofá.

— Você está tirando conclusões precipitadas.

— Conclusões baseadas na experiência que tenho — disse Aidan, abrindo a mochila e retirando o que tinha ali dentro, uma coisa por vez. — Por isso que paramos de sair juntos em casal, lembra? Um de nós iria estragar tudo e nós dois acabaríamos pagando o pato.

— Dessa vez é diferente.

— Tem razão, é pior. Conheço Lyssa há muito tempo e ela conhece Stacey há muito tempo também. Stacey tem um bom motivo para não confiar nos homens. Ela tem uma quedinha por caras como você.

— O que isso significa, seu idiota? — rosnou Connor.

— Lyssa me contou que Stacey tem um histórico de sair com homens que não querem nada sério com ela.

Aidan tirou uma xícara de metal da mochila e a colocou com cuidado em cima da mesa. Como parecia ser bem antiga, Connor entendeu que era importante.

Ele se aproximou para verificar do que se tratava.

— Quando cheguei aqui — continuou Aidan, ainda esvaziando a mochila —, Stacey estava tão preocupada que Lyssa se magoasse, que chegou a emprestar um spray de pimenta a ela. Disse para jogar em mim caso eu me revelasse um ET ou alguma coisa esquisita.

— Hã? — Connor pegou a xícara e a observou. — Ela sabia que você era um ET?

— Não. — Segurando o chip, Aidan perguntou: — Trouxe um leitor com você?

Quando Connor fez um sinal negativo, ele xingou.

— O que é essa história de ET, afinal? — Connor estava confuso.

— Foi uma brincadeira. Stacey tem um senso de humor diferente.

— Ah. — Connor sorriu e devolveu a xícara para onde estava antes.

— A questão é que ela *armou* Lyssa contra mim, porque estava preocupada que eu a machucaria de alguma forma. Ela é durona.

— É. — E era mesmo. Connor sabia. Também sabia que era gentil e vulnerável. Tivera um vislumbre sob aquele casco. — Gosto disso nela.

Aidan largou a mochila, agora vazia, em uma das cadeiras.

— Não vai gostar tanto quando ela jogar spray de pimenta nos seus olhos.

Apoiando a mão espalmada na mesa, Connor se inclinou e disse:

— Você está me irritando, Cross. Por que tem tanta certeza de que vou magoá-la?

— Desde quando está interessado em sossegar com uma mulher? — retrucou Aidan. — Conheço você há séculos. Nunca quis nada além de uma noite de sexo.

— Nem você — argumentou Connor.

— Obviamente, eu mudei.

— E presumo que, de acordo com você, nunca vou mudar?

— Do que está falando? — perguntou Aidan, bravo. — Por que estamos discutindo isso? Apenas a deixe em paz. Não deve ser difícil para você. Não está precisando.

— Obrigado pelo grande apoio que está me dando. — Resmungando, Connor pegou o embrulho. — Não que seja da sua conta, mas eu queria mais tempo para conhecer Stacey melhor. *Ela me* cativou. Mas não se preocupe com meus sentimentos. Afinal, não tenho nenhum.

Se não estivesse de mau humor, Connor teria achado graça no olhar desacreditado de Aidan. Porém, se sentiu horrível, não era engraçado. Era um saco. Tudo aquilo era um saco.

— Deixe para lá, Cross — queixou-se ele. — Não posso mudar o que já aconteceu e acabou antes de começar.

— Ótimo. — Aidan o observou abrir o pacote e revelar um objeto incrustado com sujeira.

— O que é isso?

— Bem que eu queria saber. Vamos limpar e descobrir.

Puxando uma cadeira, Aidan se sentou, exalando um suspiro cansado, e começou a tirar a fita branca que mantinha a bandagem presa em sua coxa.

Connor colocou o objeto na mesa antes de também se sentar.

— O que aconteceu com sua perna?

— Foi uma mulher louca. — O tecido se soltou da pele danificada, expondo uma cicatriz franzida e rosada sob uma linha com pontos perfeitamente costurados. Olhou para Connor. — Acho que ela era uma de nós. Usava botas de Elite e — Aidan acenou para as coisas empilhadas na mesa — tudo isso pertencia a ela.

— Louca, hein? — murmurou Connor e passou as mãos pelo cabelo, entrelaçando os dedos na nuca. — Com olhos assustadores e precisando ir ao dentista?

Aidan ficou imóvel.

— É *por isso* que você está aqui.

— É.

— Ela tinha dentes pontudos e afiados e olhos totalmente pretos. Nenhuma parte branca. Como isso é possível?

— De acordo com os sonhos que ando tendo, ela é fruto do erro dos Anciãos.

— *Sonhos?*

— Eu sei. — Connor bufou. — Não faço ideia se minha imaginação é mais fértil do que eu achava ou se há alguém no Crepúsculo se comunicando comigo. De qualquer forma, tive dois sonhos quase idênticos, nos quais Sheron me encontra no lago e me conta que os Anciãos tentaram replicar os fluxos de Médium da caverna dentro do Templo e os Pesadelos se infiltraram neles, fundindo-se com os Guardiões que viajavam por lá, o que criou essas coisas "loucas". Ele os chama de híbridos.

Resmungando, Aidan esfregou a nuca.

— Precisamos saber se isso é verdade ou não.

— Não me diga! — Erguendo as sobrancelhas, Connor perguntou: — Você a matou, não foi?

— Matei.

— Que bom. Uma a menos.

— Porra. — Aidan cerrou os punhos, enrolando a faixa. — Quantos têm por aí?

— Sheron disse que enviaram dez Guardões na primeira vez e vinte na segunda. Não falou quantos foram infectados. Considerando os jogos que ele costumava fazer durante o treinamento na academia, estou achando que mandaram mais do que isso e ele está omitindo o número verdadeiro.

— Concordo. — Levantando-se, Aidan foi até a cozinha e jogou a faixa no lixo. — Preciso de café — murmurou ele. — Faz dois dias que Lyssa e eu não dormimos. Encontrei a ruiva ontem à tarde e, desde então, não paramos.

— *Ruiva*?

Vermelho não era a cor natural da espécie deles. Totalmente branco... Vários tons de loiro e castanho... Cabelo tão preto que parecia tinta, aí sim. Mas qualquer tom de vermelho era impossível.

— É. Foi o que chamou minha atenção em primeiro lugar. Era de um tom de vermelho florescente. Não tinha como passar despercebido. E isso me intrigou, porque nenhum Elite chamaria atenção assim, de propósito. — Aidan pegou um saco com pó de café no congelador e o colocou na bancada. — Acho que foi a necessidade do Pesadelo de se alimentar que a levou a fazer isso. Igual quando balançamos um tecido vermelho diante do touro com o intuito de trazê-lo perto o suficiente para matá-lo.

— Isso *se* levarmos meus sonhos em consideração.

Aidan sorriu.

— Pode ser loucura, mas que informação teríamos mais?

Connor observava seu amigo se movimentar pela pequena cozinha com eficiência, pegando canecas da lava-louças e enchendo a cafeteira de água.

— Você parece feliz — comentou ele.

Aidan parecia leve e tinha um sorriso fácil que não via havia anos. Na verdade, sua felicidade estava ausente havia tanto tempo que Connor se esquecera de que Aidan podia se sentir assim.

— E estou — disse Aidan.

— Você sente saudade de casa?

— O tempo todo.

A resposta imediata surpreendeu Connor.

— Não demonstra. Parece que rejuvenesceu séculos.

A quantidade de cabelo grisalho que surgiam na têmpora de Aidan tinham diminuído. Mal dava para notá-los a menos que se esforçasse para procurá-los.

— Você esteve na minha cabeça. Sabe por quê.

Sim, Connor sabia. Ao se fundir com o subconsciente de Aidan, tinha vivido a experiência do amigo ao vivo e a cores. Sentia do mesmo jeito que Aidan quando Lyssa estava por perto, conhecia as sensações que ela provocava com um simples toque ou um olhar terno, sentia o forte desejo de Aidan quando fazia sexo selvagem e ardente com Lyssa. A conexão deles era assustadoramente íntima. Nas poucas vezes que Connor encontrou Aidan no estado de sonho parecia estar invadindo sua privacidade ao acessar aquelas lembranças.

— Tenho certeza de que você odeia aqui — disse Aidan, olhando para ele por cima da bancada —, mas estou feliz que tenha vindo. Não fico com tanta saudade de casa com você aqui. Além disso, percebi que preciso de ajuda e não há mais ninguém em quem eu confie.

Connor desviou o olhar, sem saber o que responder. Aidan era como um irmão para ele, mas não fazia ideia de como dizer isso.

— Você sabe que sempre estou em busca de uma oportunidade para brigar com alguém e cair na porrada — argumentou ele de forma ríspida. — Wager é o cara certo quando queremos descobrir os aspectos técnicos do que está acontecendo. Eu sou a força. Sempre fui. Realmente não acho que posso ser mais do que isso.

— Acho que está se subestimando. — Aidan sorria com uma facilidade que Connor não via desde a época da academia. Usando uma bermuda cáqui até o joelho e uma camiseta azul-clara, parecia bastante humano. — Você é o melhor e mais corajoso cara que conheço, além de também ser intuitivo e...

— Cale a boca. Está me deixando sem graça.

O elogio de Aidan animou Connor de um jeito que poucas coisas conseguiam. Admirava seu melhor amigo e comandante, sempre fora assim. Aidan tinha nascido para liderar, e era uma âncora sólida à qual se agarrar em qualquer situação.

— Eu sei. Você ficou vermelho.

— Imbecil.

Aidan riu.

Connor mudou de assunto depressa:

— Então, invadimos o Templo e baixamos o que deu antes de sermos atacados por uma das aberrações do Pesadelo.

— Conseguiram alguma coisa útil? — perguntou Aidan prestando atenção.

— Wager ainda está procurando, mas descobriu que o treinamento dos Anciãos nos tubos gera algum tipo de energia.

— Energia? Como uma fonte de poder?

— Exatamente. O interior dos tubos é cheio de energia. Isso mantém os caras vivos sem comida nem água. Sempre achávamos que havia algo fornecendo poder aos tubos, mas é o contrário. São os tubos que fornecem poder para outra coisa. Ainda não sabemos o quê.

Aidan franziu o cenho.

— Acho que é possível. Existimos por causa da energia celular. Os tubos devem fornecer essa energia.

— Foi o que Wager disse. Há milhares daqueles tubos, mas, no caso de fornecerem pouco poder, por que usá-los? Ou o que quer que esteja conectado a eles exige uma enorme quantidade de energia.

Aidan ficou imóvel no lugar.

— Como conseguiram manter tudo isso em segredo por tanto tempo?

— Nós permitimos. — Connor se levantou da cadeira e se espreguiçou. — Guardiões como eu que estavam muito ocupados vagando sem rumo pela vida para se importar. Eu me sinto um imbecil. Um imbecil cego e teimoso.

— Você confiou em quem jurou nos proteger. Não há nada do que se envergonhar.

— Que seja. — Connor não ligou. — Sou um idiota. Pode tirar onda. Você tinha razão.

— Não quero tirar onda — retrucou Aidan, penoso, segurando uma caneca, pensativo. — Estou de saco cheio e enojado.

Connor negou com a cabeça a oferta de café.

— Então para onde vamos daqui? Por onde começamos?

— Com o que temos.

Aidan encheu duas canecas, preparando uma com creme e adoçante antes de beber a que tinha café puro. Ele deixou uma caneca vazia ao lado da cafeteira para Stacey, e ver o recipiente solitário provocou um sentimento estranho em Connor. O desejo de saber como ela gostava de tomar café o surpreendeu. Um detalhe tão pequeno, nem tão particular, mas que mesmo assim importava para ele, que franziu o cenho.

— Acho que já vi a Anciã Rachel em um leilão — continuou Aidan, apoiando-se na bancada, segurando sua caneca gigante verde do Rainforest Café com ambas as mãos. — Não tenho certeza, porque faz anos que ela deixou a elite para se tornar Anciã, mas era alguém muito parecido e não consigo pensar em outra pessoa com mais *vontade* de estar aqui.

A imagem da Guadiã de cabelo escuro e brilhante surgiu na mente de Connor.

— Vi essa memória quando visitei você no sonho. Conversamos sobre ela ser uma excelente guerreira. Acho que servi com ela no Portal uma vez. É durona. Adora lutar.

Todos os Guardiões que desejavam ser da Elite precisavam servir no Portal por um mês para vivenciar as situações extremas daquele trabalho. A maioria dos iniciantes falhava em cumprir a curta temporada que era exigida. Era apenas um mês, uma gota no infinito tempo da vida dele, mas, no Portal, parecia uma eternidade.

Porque aquele lugar era o inferno, onde alguns Sonhadores viam que estavam à beira da morte e acreditavam serem comandados por um cara de pele vermelha com um tridente e chifres na cabeça. Um local que todos os Guardiões desejavam ignorar e esquecer, mas era impossível. Aquela era a entrada do Crepúsculo, uma abertura que os Anciãos criaram a fim de oferecer uma área onde se esconder dos Pesadelos. Mas esse refúgio fora descoberto e atualmente eles eram vigiados com frequência.

A ampla porta que dava para o Reino Exterior se expandia com o esforço de manter os Pesadelos de fora. Raios de luz vermelha em torno da porta revelavam como o portal ficava tenso nas dobradiças e na tranca. A partir dessas pequenas rachaduras, sombras pretas invadiam e infectavam o Crepúsculo em volta do Portal, até que pústulas expelindo lava se formassem no chão. Ali, milhares de Guerreiros de Elite lutavam aquela batalha sem fim; de suas espadas emanava um brilho ao destruir os incontáveis Pesadelos. Era uma tarefa onerosa e nenhum Guardião em sã consciência queria vivenciar essa experiência por mais tempo do que eram obrigados.

Com exceção de Rachel.

Ela durara o mês inteiro e depois ainda argumentou numa tentativa de convencer de que aguentaria mais outro mês.

— É, durona — concordou Aidan. — Além disso, tem uma grande vantagem: sabe o que está acontecendo. Eu, não. Ela tem uma missão. Meu foco é dividido. Tenho que manter Lyssa em segurança, cuidar das aquisições para McDougal e caçar os artefatos. E agora ainda temos essas... *coisas*... com as quais lidar, e você e eu não podemos fazer isso sozinhos. Dois contra várias aberrações? Também posso desistir, ir me esconder com Lyssa em uma ilha deserta até tudo estourar. Aproveitar o pouco de paz enquanto posso.

— Merda. — Connor bufou. — Você tem razão. Precisamos de reforços, mas não faço ideia de quem gostaria de vir para cá. Os homens que comando estão comprometidos com a causa, mas...

— Mas isso é pedir muito.

— Sim. É mesmo. Para a maioria de nós, o Crepúsculo é o único lar que conhecemos. Poucos se lembram do Velho Mundo. Pedir que larguem tudo para trás por isso — ele balançou o braço, indicando à sua volta — é uma medida extrema.

— É um saco, mas que opção temos? — Aidan esfregou com uma das mãos a barba que sombreava seu maxilar. — A ruiva tinha o *taza* que eu estava procurando, o que quer dizer que estão rastreando os artefatos. Preciso focar em manter McDougal feliz, porque é ele quem está pagando as contas. Precisamos de alguém para caçar os artefatos enquanto trabalhamos, e um grupo para ir atrás dos híbridos. O que me atacou era algo insano. Um deles vai ser pego ou morto, e então os Sonhadores vão descobrir que não estão sozinhos no Universo.

— E qualquer um perto de você está em perigo e precisa de proteção. Os Anciãos vão usar o que tiverem para chantagear. Você acha que eu abandonaria Stacey porque ficaria entediado. Mas a verdade é que eu me manteria longe dela porque estar ao meu lado poderia matá-la.

Estreitando os olhos, Aidan o observou com atenção.

— O negócio é o seguinte — continuou Connor, sem paciência para tentar explicar sentimentos que nem ele mesmo compreendia. — A viagem de ida e volta tem consequências. O Médium é destruído no retorno.

Aidan parou de se mexer.

— Destruído?

— Morto. Assassinado. *Game over*.

— Porra.

— Pois é. Então não podemos prometer uma missão temporária.

Houve uma longa pausa, até que ele disse:

— Obrigado. — Essa palavra foi pronunciada com tanta emoção que fez Connor recuar.

— Pelo quê?

— Por desistir do seu lar por mim. Merda...

Os olhos de Aidan ficaram vermelhos e o amigo entrou em pânico.

— Ei! Não fique assim, cara. Está tudo bem.

— Não, está, não. É maravilhoso. Não sei o que dizer.

— Não diga nada — disse Connor com frieza.

Lyssa entrou na sala e Connor quase a beijou de alívio.

— Humm... Café — murmurou ela.

Seu cabelo úmido estava preso em um rabo de cavalo, usava roupas limpas e exalava um cheiro de maçã. Vestindo um moletom de veludo rosa-escuro, parecia ter renascido e estava linda. Notou a xícara que Aidan preparara para ela e ficou na ponta dos pés para beijá-lo.

— Obrigada, amor — sussurrou.

Connor, grato pela oportunidade, saiu de fininho para se trocar e se preparar para a tarefa monumental que teria a seguir.

Capítulo 8

Para um homem já enaltecido por sua honra, a vida atual de Michael Sheron marcada pelas mentiras e por traição era um fim que nem ele poderia ter previsto. Os seres das sombras, que eles chamavam de Pesadelos, eram nada comparados aos pesadelos de fraude, que precisava enfrentar diariamente.

Conforme seu corpo voava pelo ar, percorrendo a distância entre a sede da rebelião e o Templo dos Anciãos, Michael curtia a beleza da paisagem logo abaixo. Montanhas cobertas de grama. Vales verdejantes com forte correnteza. Cachoeiras magníficas.

Tudo elaborado cuidadosamente para evitar o descontentamento.

O fato de ter que desdenhar o paraíso, que dedicara grande esforço para manter, o deixava triste, mas a perfeição dos arredores era tão breve quanto os sonhos que seu povo protegia. Por trás daquela fachada havia uma base mirada com firmeza nas mentiras. Porém, apenas os Anciãos e os rebeldes sabiam disso. A maioria dos Guardiões estava feliz ali e continuaria assim, *se* eles conseguissem manter em segredo as ações dos rebeldes.

Essa fraude era sua tarefa mais urgente, e ficava mais difícil a cada dia. O capitão Aidan Cross era um guerreiro lendário, e a mera presença dele bastava para fazer os outros Guardiões se sentirem seguros e salvos. O desaparecimento de Cross estava começando a provocar uma especulação duvidosa, e agora a perda de Bruce só pioraria as coisas.

Eles eram os membros com maiores destaques e mais aclamados dos Guerreiros de Elite e tinham sido melhores amigos a vida toda. Os Guardiões não entenderiam por que dois homens tão leais ao seu povo os trairiam de forma tão brutal. A deserção os faria questionar o que teria causado a desilusão deles, e Michael não queria optar por ter de torná-los vilões. Pensou que seria melhor manter os dois bem--conceituados com o povo. A veneração ao herói era um sentimento poderoso, e poderia ser uma ferramenta útil no futuro. A história era composta por contos de grandes feitos que invocavam a memória de alguém amado.

Ao avistar o Templo branco e brilhante, Michael diminuiu a velocidade de seu voo, mudando para a posição vertical, e então pousou suavemente em pé. Parou um instante para colocar o capuz que todos os Anciãos usavam com o intuito de esconder seus traços esqueléticos do povo. Ele já fora bonito. Anos atrás. A perda da beleza física, no entanto, era um preço pequeno a pagar para que pudesse atingir seus objetivos.

Aparentemente preparado, Michael entrou no grande Portal *torii* vermelho que os Anciãos usavam como um local motivador. Seu alerta gravado na língua anciã — *Cuidado com a Chave que abre a Fechadura* — deixava os Guardiões com um objetivo e esperança, duas exigências para que a saúde mental fosse mantida. Se conseguisse que o golpe permanecesse em segredo, a mensagem continuaria alcançando seu propósito.

Conforme cruzava o pátio, deixou um rastro de gotículas. Seu robe ainda estava ensopado devido ao confronto com Bruce, e continuaria assim por enquanto. Ele era esperado, e pontualidade consistia na melhor forma de evitar a curiosidade indesejada.

Por saber que estava sendo observado nos monitores, Michael prosseguia com calma. Parou no *chôzuya*. Mergulhando a concha na fonte, enxaguou a boca e lavou as mãos, observando à sua volta aquele lugar que trazia conforto à maioria dos Guardiões, mas que para ele parecia uma prisão.

Exalando, clareou a mente, sabendo que um semblante confiante e casualmente arrogante seria necessário para que ele passasse ileso pela audiência que enfrentaria. Havia sugerido um encontro com Bruce, mas os casos que ele citara durante aquela discussão tinham sido inventados. Havia se envolvido em uma dança complicada, e um passo em falso lhe custaria tudo.

Michael atravessou o pátio e entrou no *haiden*, onde outros Anciãos esperavam por ele. Seus colegas. Ou pelo menos era assim que se chamavam. Na verdade, poucos estavam ali, considerando que muitos compartilhavam seus objetivos.

O interior gelado o envolveu, as paredes arredondadas estavam escondidas na sombra pois a iluminação atingia apenas o extremo centro do espaço. Ele parou debaixo do feixe de luz que desvaneceu no mesmo instante, revelando as figuras encapuzadas sentadas diante dele em um semicírculo.

— O capitão Bruce se conectou com Cross e a Chave, Ancião Sheron?

— Se ainda não fez isso, fará em breve.

Os bancos acima dele explodiram em um zumbido de diversas conversas ao mesmo tempo. Michael esperou, paciente, com as pernas entreabertas, as mãos entrelaçadas às suas costas. Ao inclinar a cabeça, seu capuz molhado caiu para trás numa tentativa de convencer melhor os outros de que estava sendo sincero. Ninguém simulava sinceridade tão bem quanto ele.

— O que sugere que a gente faça agora que Bruce está fora do Crepúsculo?

— Devemos enviar um Ancião para liderar a equipe que está recuperando os artefatos.

A discussão provocou mais murmúrios, centenas de vozes competindo para serem ouvidas acima de todo o barulho.

— Sheron.

Ele sorriu por dentro ao ouvir aquela voz feminina.

— Pois não, Anciã Rachel?

— Quem mandaria para nos representar?

— Quem você prefere?

Rachel se levantou, tirando o capuz para revelar suas tranças negras e seus olhos verdes penetrantes.

— Eu irei. E vou liderar.

— Era exatamente você que eu tinha em mente — falou ele pausadamente.

A Anciã Rachel era uma guerreira com habilidade singular que tinha um dom raro para o comando, bem parecido com Cross e Bruce. Sua aparência era um bônus. Somente as Anciãs conservavam aquela atraente jovialidade. Ela não chamaria tanta atenção quanto os homens.

— O capitão Cross terá dificuldade em enfrentar uma mulher — disse ele. — Essa é a vantagem de que precisamos.

— E Bruce? — perguntou alguém. — Ainda não entendo como a presença dele no reino mortal nos ajuda.

— Os dois ficam inalteráveis sozinhos. Juntos, fluem. Apoiam-se um no outro. Têm mais a perder quando sabem que suas ações afetam o companheiro. Ficarão mais enraizados no plano mortal. Irão se aventurar mais, passar por mais experiências, arriscar-se mais do que se estivessem separados.

— Vai demorar muito! — reclamou alguém.

Michael suspirou disfarçadamente.

— Se queremos que a Sonhadora tenha uma criança com o Guardião, teremos que dar tempo a eles. Estão enfrentando uma situação difícil e, até se sentirem seguros o suficiente para construírem um futuro juntos, não vão tentar ter um filho. Além disso, o período de gestação de uma humana não pode ser alterado.

— Mas ela não é como as outras humanas.

— O que só levanta ainda mais questionamentos — argumentou ele. — Não podemos apressar isso. Temos que ser pacientes e permitir que as peças do quebra-cabeça se encaixem sozinhas.

A discussão continuou por horas. Era sempre desse jeito. Por natureza, a comunidade Guardiã era resistente à mudança. Michael sempre considerava uma circunstância oportuna serem imortais. Do contrário, nunca teriam vida útil suficiente para concluir nenhuma tarefa.

No fim, entretanto, ele atingiu seus objetivos.

— Anciã Rachel, vai começar os preparativos? — perguntou um Ancião. — A adaptação ao mundo humano não será fácil e trabalhar contra o capitão Cross vai exigir muito de você.

Sua boca exuberante se curvou, mas o sorriso não se refletiu em seus olhos verdes sombrios.

— Estarei pronta.

— Então está decidido — disse o Ancião, falando em nome de todos. — Vamos para a próxima etapa.

Stacey terminou de arrumar suas coisas e olhou a última vez pelo quarto de hóspedes de Lyssa para se certificar de que não estava esquecendo nada.

Seria muito chato voltar para sua casa vazia, mas não havia motivo para ficar e ela não queria continuar ali.

Ficaria um clima muito esquisito agora que Lyssa e Aidan sabiam que ela havia dormido com Connor. Além disso, ele estava ali a trabalho. Sabendo o quanto Aidan estava focado em suas antiguidades, era provável que eles quisessem começar logo. Ela tinha coisas para fazer também, então...

Colocando uma alça da mochila no ombro, Stacey desceu a escada.

Ficou surpresa ao encontrar Connor sozinho. Estava sentado à mesa de jantar, limpando com cuidado um objeto com sujeira incrustada. Usava uma camiseta preta apertada no limite nos ombros e uma calça jeans larga e desbotada.

— Oi — disse ela ao passar por ele para pegar sua bolsa na bancada. — Cadê Aidan e Lyssa?

— Foram dormir. Aparentemente, dirigiram a noite toda e estavam acabados.

Stacey se virou para encará-lo. Ele a observou com seus olhos esverdeados que pareciam repletos de sabedoria. Como se ele tivesse visto e feito mais coisas do que era possível para um homem da sua idade. Ele não podia ter mais do que 35, ela achava, mas tinha a força e a energia de um homem com a metade de sua idade, como ela sabia muito bem.

Ela balançou a cabeça.

— Eu estava torcendo para que eles aproveitassem um tempo juntos. Os dois trabalham muito.

— Aonde você vai? — perguntou ele com delicadeza, os olhos fixos na mochila Roxy rosa-clara e preta dela.

Stacey nunca teria comprado uma extravagância como aquela. Uma mochila de cinco dólares do Walmart teria a mesma serventia. Mas Lyssa viu a amiga admirando a mochila em uma loja e lhe dera de presente. Por causa disso, era um de seus itens preferidos de "ostentação".

— Para casa. Tenho umas coisas para fazer.

— Tipo o quê?

— Coisas. Faxina na casa. Raramente consigo fazer isso com Justin lá. E o degrau da minha varanda apodreceu. Meu vizinho disse que daria uma olhada para mim, então vou ver se hoje ele consegue fazer isso.

Connor largou o objeto que tinha nas mãos e se afastou da mesa com um movimento perigosamente gracioso. Por mais que fosse um cara grande, ele se movia como uma pantera, de forma elegante e furtiva.

— Posso consertar para você.

Ela piscou para ele e inclinou a cabeça com discrição para absorver sua altura. Mesmo a um metro de distância, ela precisava erguer os olhos ao encará-lo.

— Por quê?

— Por que ele consertaria para você? — contradisse ele.

Stacey franziu o cenho.

— Porque é um cara legal.

— Eu sou um cara legal.

— Você está ocupado.

E lindo. Nossa, como ele era gostoso. Preto caía bem nele, com certeza. Ela percebeu isso no dia anterior, assim que ele chegou. A cor destacava com perfeição sua pele dourada e seu cabelo. Seus cachos ligeiramente compridos, a camiseta, a calça jeans e os coturnos pretos formavam uma combinação inebriante de *bad boy*. Imaginá-lo na casa dela quase a fez perder o equilíbrio.

— Preciso bolar uma estratégia — disse ele. — Posso fazer isso em qualquer lugar.

— Consertar um degrau quebrado é entediante.

— Seu vizinho não acha.

— Ele gosta da minha torta de maçã.

Connor cruzou os braços.

— Eu gosto de torta de maçã.

— Não é uma boa ideia...

— Claro que é — insistiu ele cerrando o maxilar para expressar sua teimosia, o que ela achava cativante. — Sou ótimo em consertar varandas.

Stacey deveria dizer não. Sério. Sabia que ele estava esperando que um rápido conserto provocasse uma gratidão sexual. O problema era que ela estava preocupada que ele tivesse razão. Durante todo o banho ela ficara imaginando como seria fazer amor com ele tendo bastante tempo. Sem pressa.

Pensamentos arriscados.

— Acho que deveríamos apenas nos despedir agora — disse ela.

— Franga.

Ela ficou boquiaberta.

— O que foi que disse?

Connor colocou as mãos sob as axilas, ergueu o baixou os braços, fazendo barulhos de cacarejo.

— Ah, meu deus — murmurou ela. — Isso é tão infantil.

— Que seja. Está com medo de me levar junto porque gosta demais de mim.

— Não gosto.

— Mentirosa.

Ela colocou as mãos na cintura e perguntou:

— Por que os homens voltam a agir como crianças quando não conseguem o que querem?

Ele mostrou a língua para ela.

Stacey mordeu o lábio inferior e desviou depressa o olhar. Ele riu, remexendo o corpo todo ao gargalhar. Ela ficou um tempo perplexa, tentando evitar se juntar a ele na risada.

— Ah, fala sério. Chega dessa conversa boba. — Ele contornou a mesa de jantar e pegou a mochila dela. O sorriso com que ele lhe presenteou deixou Stacey com um frio na barriga. — Prometo me comportar.

— Mas sou muito irresistível — disse ela com ironia.

— Eu sei.

O tom já familiar de seu sotaque a hipnotizava e por isso ela o encarou por muito mais tempo do que deveria. O olhar dele era sensual e possessivo, cheio de desejo. Ela estava pedindo por problemas com P maiúsculo ao levá-lo junto. Deixando-o brincar de homem da casa naquela tarde. Permitindo que deixasse sua marca na casa.

Ela suspirou.

— E se *eu* não me comportar?

Connor deu um passo para o lado e gesticulou em direção ao hall de entrada.

— Não vou dizer não — alertou ele. — Se estiver esperando que eu concorde em bancar o cavalheiro, pense melhor.

— Está bem. — Stacey andou até a porta da frente, que ele abriu para ela, parando um instante para pegar sua espada. — Mas vou te colocar para trabalhar, Sr. Homem-grande-e-forte-que-sabe-imitar-uma-galinha.

— Vai fundo, docinho.

Ele a seguiu pelo portão de madeira branca do prédio de Lyssa. Andaram juntos até o pequeno estacionamento de hóspedes e Stacey apertou o botão de seu chaveiro, abrindo o porta-malas do seu Nissan Sentra. Connor jogou a mochila e a espada dele lá dentro, então foi assobiando até a porta do carona.

— Você está muito feliz com essa situação — comentou ela.

— E você, muito preocupada. — Ele parou e a encarou por cima do teto do carro. — Fizemos sexo, Stacey. Sexo gostoso. — Seu tom de voz baixou e seu sotaque ficou mais carregado. — Estive *dentro* de você. Que tipo de cara eu seria se não me sentisse feliz em passar um tempo com você depois disso?

Stacey engoliu em seco, piscando. Ela já vira aquele olhar específico nele. Rigorosamente intenso. Sério. Surgia quando ele estava se divertindo.

— Você está me confundindo. Não gosto disso.

— Por dizer a verdade?

— Por ser perfeito! — gritou ela, olhando em volta para descobrir se ninguém a ouvira. — Pare com isso.

Sua boca se curvou, formando um sorriso gentil.

— Você é maluca, sabia?

— Sou? — Ela abriu a porta do carro e se sentou no banco do motorista. — Você não precisa vir comigo.

A porta do carona se abriu e ele curvou seu corpo grande naquele assento minúsculo. Fez uma careta.

— Afaste o banco se você não vai mesmo desistir — disse ela.

Ele negou com a cabeça e pareceu incomodado.

— Não vou a lugar algum. Acostume-se com a ideia.

Revirando os olhos, Stacey se inclinou para procurar a alavanca do banco.

— Não pense que vai me fazer sentir culpada só porque você está esmagado. Chegue para trás.

Ele não se mexeu.

— Meu Deus! — Ela beijou a canela dele. — Por que é tão teimoso? Chegue para trás.

Ele continuou sem se mexer. Nenhum músculo.

Quando virou a cabeça para reclamar, ela se deparou com o enorme volume no meio da calça jeans dele. A mão direita de Connor estava apoiada na coxa, os dedos brancos por estarem cravados no músculo firme sob a calça. Stacey ficou paralisada por um instante. Demorou a entender. Por fim, percebeu que seus seios roçavam na coxa esquerda dele, empurrando-a ritmicamente devido à sua respiração ofegante. Ela ergueu o olhar, mas antes de fixá-lo no rosto de Connor, percebeu pelo movimento do seu peitoral que ele também estava arfante. Pela sua expressão, ele parecia estar achando graça.

— Isso deveria me deixar mais confortável? — Stacey o encarou e se empertigou. — Você fez isso de propósito. — Connor riu e afastou o banco.

— Vamos, docinho.

Eles saíram do prédio de Lyssa e pegaram a rodovia em direção à casa de Stacey. Cidade velha, como chamavam, mas estava sendo reformada. A nova delegacia e a prefeitura estavam sendo construídas em um grande complexo, e novas empresas passavam a ocupar as áreas ainda vazias. Murrieta era uma cidade nova, mas tinha uma história antiga. No mesmo quarteirão, era possível encontrar uma Starbucks e uma fazenda. Ela apreciava essa dicotomia. Charme de interior com todas as conveniências modernas.

— Você gosta daqui? — perguntou Connor, observando a paisagem com curiosidade.

— Gosto. É perfeito para mim.

— Do que você gosta aqui?

Ela olhou de soslaio para ele.

— O que há para não gostar?

Ele franziu o nariz.

— Fede.

— Ce-certo... — Stacey refletiu por um instante. — Nós *estamos* em um vale. — Quando ele ergueu as sobrancelhas, ela explicou: — A poluição costuma ficar retida no vale.

— Maravilha.

Ela deu de ombros.

— Se acha que aqui fede, não vá para Norco.

— Parece nome de um posto de gasolina — comentou ele.

Ela riu.

— Sempre achei isso também! Mas, sério, é uma região de cavalos. Além disso, há muitas fazendas de laticínio por lá. A cidade inteira fede a esterco.

— Legal.

Sua boca formava um sorriso singular que fazia o coração dela acelerar.

Eles viraram a esquina e entraram no centro antigo de Murrieta, onde não havia calçadas e uma boa distância separava uma casa da outra. Ali era uma área muito diferente da que Lyssa morava, onde bastava esticar o braço pela janela para pegar emprestada uma xícara de açúcar do vizinho.

Stacey estacionou na garagem de cascalho, parando diante da pequena casa de dois quartos que chamava de lar. Era pequena, com um pouco menos de $300m^2$, mas era adorável. Pelo menos era o que ela achava. A ampla varanda estava repleta de flores que ela mesma plantou e montou o arranjo. Pintado de verde-claro com acabamento branco brilhante, o lugar era fofo por fora e todo moderno por dentro. E pertencia a ela.

Bom, o máximo que uma casa financiada podia pertencer a alguém.

— É aqui — disse ela, erguendo o queixo com orgulho.

Connor passou pelo porta-malas e parou ao lado dela.

— Gostei.

Ela olhou para ele e notou que estava absorto em observar sua moradia.

— É muito pequena para você. — Ela pensou alto, e se arrependeu no mesmo instante da maneira que soou. Como se o imaginasse morando ali.

Connor inclinou o corpo para encará-la, ficando tão perto que Stacey não tinha como não ser sentir o cheiro dele. Ela não sabia qual perfume era. Nenhuma colônia que ela conhecia. Era apenas ele, suspeitou. *Somente Connor*, um nome brilhante para uma colônia que lhe renderia uma fortuna.

— Gosto de lugares apertados — disse ele com um olhar travesso.

Não era a primeira vez que Stacey pensou como seria morar com um homem tão confiante. Essa certeza lhe permitia fazer a provocação desavergonhada. Também o tornava diferente de todos os caras com quem ela já saíra. Os outros eram pequenos homens fingindo ser grandes. Ela sempre se apaixonava pela casca, que passava uma ilusão da estabilidade. Até que teve Justin. Depois aprendeu a encontrar sua força interior, porque alguém dependia dela.

Ela se afastou de Connor e seguiu para o porta-malas, onde pegou sua mochila. Ele tentou pegar a mochila da mão dela, mas Stacey se desviou e correu até a varanda, alertando:

— Cuidado com o segundo degrau. É o que está podre.

— Pode deixar.

Quando ela abriu a porta de tela com moldura de madeira, ele estava bem ao lado dela, segurando a beirada da porta e mantendo-a entreaberta enquanto ela abria as duas trancas e a fechadura.

— Não é seguro aqui? — perguntou ele, demorando um pouco para entrar depois dela, pois ficou dando uma olhada no jardim e na rua silenciosa.

— É. Mas minha suscetibilidade de gato medroso me domina depois que escurece.

Connor assentiu como se entendesse. Stacey achava que ele compreendia, mas duvidava que sentisse medo de alguma coisa. Era muito estável e seguro de si. Ela imaginou que essa coragem dele era uma consequência de ter crescido em uma família tão dedicada ao perigoso serviço militar. Todos lidavam de perto com a morte, então não temiam o perigo da mesma forma que os outros.

Ele entrou na sala de estar logo depois dela, e a porta de tela se fechou com um rangido seguido de um barulho ainda mais alto. Connor fez uma careta.

— Sua porta está quebrada.

— Tecnicamente, é a barrinha que não está funcionando, não a porta.

— Que seja. Está ruim.

— Não, só precisa de conserto. Fique à vontade.

Stacey seguiu pelo corredor até a lavanderia, onde tirou suas roupas cobertas de pelo de gato da mochila e as jogou na máquina de lavar.

Um instante depois, Connor gritou:

— Seu filho é bonito.

Stacey suspirou e voltou para a sala. Connor estava no meio do corredor, observando as diversas fotos nos porta-retratos que decoravam as paredes dali. Era um espaço pequeno e ele o monopolizava inteiro, o topo de sua cabeça quase batia no teto baixo.

— Obrigada. Eu acho.

Stacey o viu analisando uma Polaroid dos dois tirada no Clube de Escoteiro Pinewood Derby. Justin era quase da altura dela e, com cabelo castanho-claro e olhos escuros, não parecia em nada com a mãe.

— Essa foi tirada há uns dois anos — explicou. — Ele saiu do Clube de Escoteiros nessa época. Disse que era algo que um garoto deveria fazer com o pai.

Connor se aproximou e esfregou as costas dela com a mão. Era um gesto de apoio, quase igual ao beijo que lhe dera na noite anterior, e *era* uma fonte de consolo, mas outra coisa também. Só que ela não podia deixar que fosse algo mais. Não podia permitir que ele se tornasse um suporte do qual dependesse ou esperasse alguma coisa, porque ele não ficaria para sempre.

Já cometera o mesmo erro tantas vezes procurando força em outra pessoa. Recusava-se a repetir isso.

— Vou começar a fazer a torta — disse ela antes de passar por ele em direção à cozinha.

Ele levou um tempo para voltar para perto dela e, quando o fez, estava com uma expressão estranha.

— Você está bem? — perguntou ela, fechando a torneira que abrira para lavar as maçãs. — Todo esse clima familiar está te enlouquecendo? Quer que eu te leve para casa?

— A casa de Aidan não é minha casa.

Ele se encostou no batente da porta que ligava a copa à cozinha. Não havia uma sala de jantar formal, o que era bom, porque ela não precisava de uma.

Ele a observou, atento: uma presença triste e irresistível na sua cozinha minúscula.

— Devo surtar porque você tem um filho?

Seus braços cruzados já tinham se tornado um gesto familiar para ela, enfatizando seus bíceps de dar água na boca. Ele dominava os pensamentos dela, tornando impossível não prestar atenção nele. Uma personalidade superinteressante em um corpo superinteressante. Era demais. *Ele* era demais.

— Não sei. — Ela tirou o excesso de água com o coador. — Você apareceu com uma expressão estranha.

— Ando tendo dias difíceis.

— Quer falar sobre isso?

— Na verdade, quero, sim.

— Ok. Pode falar.

Ela procurou o descascador de maçã nos armários de baixo.

— Não posso.

Stacey se empertigou e disfarçou seu sentimento irracional de mágoa e decepção dizendo:

— Já era de se imaginar.

— Você não acreditaria em mim.

— Tenho que acreditar em você. — Ela encontrou os olhos dele e o encarou. — Não há mais nada que eu possa fazer.

Os dois ficaram bastante tempo esperando. Ela sentiu o conflito nele, a necessidade de dizer algo importante, mas não conseguia imaginar o que seria.

Então deu seu melhor palpite:

— Você não vai ficar morando no Vale o tempo todo, não é?

Ele franziu o cenho.

— Vou ter que viajar muito.

— Tudo bem. — Ela suspirou. — Não vai me pedir para ser exclusiva quando você estiver na cidade, e solteira quando não estiver, vai? Por favor, não faça isso.

— Não sou babaca, Stacey — disse ele com uma dignidade implícita. — Pode pensar melhor de mim?

Connor observou Stacey, que estava nervosa e agitada e, no fundo, se repreendeu. Estava estragando tudo, mas não sabia como consertar as coisas.

Queria ficar com ela.

Era muito simples e complicado ao mesmo tempo.

Ela suspirou alto.

— Desculpe. — Ela ergueu as mãos. — Sequer sei o que você está fazendo aqui. Ou por que está me olhando desse jeito. Ou que devo fazer ou dizer.

Estou aqui porque não podia deixá-la ir para casa sozinha quando há aberrações soltas por aí. Estou te olhando desse jeito porque estive no seu quarto e toquei os cobertores da sua cama que lhe mantêm aquecida. E quero que diga que me quer aqui. Com você.

Com uma mão impaciente, ela afastou os cachos negros do rosto. Ele sabia que Stacey queria promessas e estabilidade. Talvez não juras eternas, mas ele não podia lhe garantir nada além daquele momento. Ele poderia embarcar num avião naquela mesma noite sem ter ideia de quando voltaria. O melhor jeito de mantê-la em segurança era impedir o perigo antes que a alcançasse.

Aidan tinha razão. Connor sabia que era a pior opção para ela, mas isso não silenciava a parte dele que insistia que Stacey era sua responsabilidade.

Ele se empertigou.

— Você tem ferramentas?

Trabalho. Era disso que ele precisava. Algo para ocupá-lo fisicamente enquanto seu cérebro tentava resolver seu dilema. Caso contrário, estaria em cima dela em um minuto, persuadindo e seduzindo-a como desejava desesperadamente. Frente a frente. As pernas dela envolvendo seu quadril. As unhas dela fincadas em suas costas.

— Só o básico. — Seus olhos verdes revelavam muita coisa. Ele se perguntou se ela sabia disso. — Estão em uma maleta amarela de metal dentro daquele quarto.

— Vou ao trabalho.

— Obrigada.

Gratidão. Foi o que ele ouviu na voz dela e uma parte primitiva de sua psique queria cantar vitória. Ela precisava de alguma coisa e ele poderia lhe fornecer.

Minha.

Connor nunca tinha se sentido nem um pouco possessivo em relação a alguém com quem se relacionara. Mas não se sentia nem um pouco parecido com si mesmo desde que conhecera Stacey.

Ele pegou a alça da maleta, abriu a porta de tela e saiu para a varanda. Havia uma grande distância entre a casa e a rua. Em determinado local um gramado extenso substituía as flores do jardim que iam até a cerca de arame.

Era uma casa fofa. Exótica e encantadora, que combinava com Stacey e revelava outro lado dela. Ele queria ficar para jantar e ver outro filme. Queria amar seu corpo de novo, do jeito certo. Demorado. A noite toda. Queria acordar com ela roçando deliciosamente a bunda em seu pau. Só que dessa vez os dois estariam nus. Ele poderia envolver a perna dela em seu quadril e a penetrar por trás...

A porta bateu atrás dele.

— Essa deve servir — resmungou ele, virando-se para olhar o objeto ofensivo.

Connor colocou as ferramentas no chão e começou a trabalhar. Obrigou-se a afastar os Anciãos e Pesadelos dos seus pensamentos. Tinha passado apenas um dia com Stacey e achou que tivesse vindo para a casa dela porque tinha medo de que andasse por aí sozinha, mas agora pretendia passar horas a satisfazendo, como se não houvesse amanhã.

Porque, para eles, não haveria.

Capítulo 9

— Pronto!

Com um impulso, Connor ficou de pé no degrau agora consertado. Deu um pulo. Suportava seu peso perfeitamente.

— Hum — murmurou Stacey.

Erguendo os olhos quando a porta de tela se abriu, ele a observou sair de casa.

— Oi.

— Oi para você também.

Connor conhecia aquele olhar. Fazia anos que outras mulheres o observavam daquele jeito. No entanto, era a primeira vez que o notava em Stacey, junto de um inconsciente lamber de lábios que o aquecia por dentro.

— Docinho — murmurou ele —, você parece pronta para me comer vivo.

— Você ficou aqui fora sem camisa esse tempo todo? — perguntou ela, um pouco ofegante.

Havia feito lindas tranças no cabelo e trazia dois copos com um líquido vermelho e gelo. Por algum motivo, o penteado dela o deixou com tesão. Não tinha nada imaturo em Stacey, mas seu cabelo daquele jeito o fez se lembrar de uma fantasia que adoraria satisfazer com ela.

— Faz meia hora mais ou menos.

— Que pena que perdi.

A boca dele se curvou.

— Ainda estou aqui.

Ela parecia estar considerando a oferta dele. Connor a incentivou um pouco ao acariciar sua ereção por cima da calça jeans.

— Como você é descarado — murmurou ela com os olhos fixos nele.

— Você me quer. E eu quero você. Meu corpo reage automaticamente. É inútil fingir o contrário.

Stacey bufou e então sorriu, simulando estar alegre. O sentimento não se refletiu em seus olhos, que estavam obscuros com confusão e desejo.

— Achei que fosse gostar de um pouco de suco de cranberry.

Ele sabia quando forçar a barra e quando recuar.

— Eu adoraria.

A comida era melhor ali. O plano mortal ganhara mais crédito com ele por isso. A comida chinesa era fenomenal, assim como o suco de laranja que tomou de café da manhã naquele mesmo dia. Podia imaginar uma vida de comilança em que depois queimaria toda a energia extra na cama com Stacey.

Paraíso. Um sonho.

— Ei! — disse ele demonstrando uma surpresa irônica e exagerada. Colocou a mão na orelha. — Ouviu isso?

Ela parou no terceiro degrau com o cenho franzido. Então arregalou os olhos. Olhando por cima do ombro para a varanda, gritou:

— Você consertou a porta!

Seu sorriso de satisfação o afetou, porque, dessa vez, iluminou os lindos olhos verdes dela.

Ele deu de ombros como se não estivesse com o ego inflado de orgulho viril.

— Tecnicamente, era a barrinha que não funcionava.

Stacey desceu os degraus restantes e lhe entregou um copo. Ela encostou nos dedos dele e os segurou.

— Obrigada.

— De nada.

Connor ficou parado por um instante, forçando-se a respirar com regularidade. Ela desviou o olhar. Soltando-o, subiu na varanda e apoiou os cotovelos na grade. Parecia melancólica e ele não sabia o que dizer, então se sentou no banco de balanço ao seu lado e bebeu o suco.

— Com uma família tão dedicada ao serviço — começou ela —, por que se aposentou? Você se machucou?

Connor respirou fundo, pensando em como responder. No fim das contas, percebeu que só podia ser verdadeiro com ela.

— Perdi a fé no governo — admitiu ele, observando atentamente a reação dela. — Quando deixei de acreditar que eles estavam agindo para o melhor interesse do povo, tive que sair.

— Ah. — Ela olhou para ele com compaixão. — Sinto muito. Você parece muito decepcionado.

E ela passou a impressão de que se importava com ele, o que o aqueceu como uma onda de calor, deixando-o todo suado. A única pessoa para quem contava qualquer coisa da sua vida pessoal era Aidan, e o conforto que Connor recebia do amigo era totalmente diferente daquele oferecido por Stacey. Ela o fazia querer compartilhar mais, se doar mais, aumentar a conexão entre eles, porque lhe dava forças saber que ela estava lá.

— Eu *queria* confiar neles. — Ele se balançou suavemente, curtindo a brisa da tarde que cheirava à grama recém-cortada e aos perfumes das flores que Stacey plantara na varanda. Ele não estava na própria casa, mas a sensação era essa. — É difícil perceber que enganei a mim mesmo de propósito porque a verdade era dolorosa demais.

— Connor...

Ela suspirou e foi em direção a ele, que chegou para o lado, lhe dando espaço para se sentar ali.

— E o que vai fazer agora? — perguntou ela, encarando o corpo dele.

— Não sei. Assim que Aidan se recuperar, vamos nos sentar juntos e pensar no próximo passo.

— Você também vai trabalhar para McDougal?

— Não.

— Quanto tempo vai ficar aqui?

— Não sei. Não muito. Mais um dia, talvez.

— Ah...

Os dois ficaram balançando juntos em silêncio por um tempo e ele a observou com olhos pesados, reparando em seus dedos inquietos. Ela vestira uma blusa rosa e uma jardineira curta que deixava suas pernas macias à mostra. Ele estava apaixonado por aquela visão, focado no enrijecimento e relaxamento dos músculos da sua coxa conforme ela se balançava para a frente e para trás.

— Aposto que está animado para ir.

A boca dele se curvou com pesar.

— Por que está dizendo isso?

Stacey esticou o braço e apontou para o espaço ao redor deles.

— Deve estar entediado.

— Será? — Connor se aproximou, agarrou-a pela cintura fina e a puxou para perto. — O que você estaria fazendo se eu não estivesse aqui?

Ela deu de ombros.

— Limpando a casa. Lavando roupa. Às vezes, vou à locadora e pego o último lançamento de filme de ação.

— Você não sai com ninguém? — perguntou ele com delicadeza.

— Não tenho muito tempo. — Ela olhou furtivamente para ele. — E não há muitos homens interessados em mães solteiras.

— Você é mais do que isso. — Os dedos dele deslizaram pela lateral do corpo dela, indo até onde a blusa não alcançava, na abertura da jardineira. Ele acariciou a lateral do seio dela e sentiu o arrepio que percorreu Stacey. — É uma mulher também.

— Alguma coisa tem que ficar em segundo plano.

— Claro — murmurou ele. — Mas não está em segundo plano, está sendo ignorado por completo.

Ela ergueu o queixo.

— Nem todo mundo tem habilidade para fazer sexo casual.

— Concordo.

Stacey se afastou do seu toque, ficando frente a frente com ele.

— *Como* é que você faz isso?

Ele expandiu as narinas.

— Por que quer saber?

— Talvez eu possa usar como referência.

— Docinho. — Ele se ajeitou e puxou o peito dela para perto. Sua bebida derramou do copo e se espalhou pelo chão da varanda, mas nenhum dos dois se importou. Ela arfou, com os lábios a apenas um centímetro da boca dele.

— Eu não te ensinaria a fazer sexo casual nem se você me pagasse.

Só de imaginar outro homem a tocando o deixou nervoso e irritado. Cerrou os dentes e seus dedos apertaram a pele dela.

Sem entender a possessividade perigosa que o dominou, ela lambeu o próprio lábio inferior. Ele ficou duro, encostando no quadril dela, que baixou os cílios.

— Mas aí eu poderia fazer sexo casual com você — flertou ela.

Connor a encarou por um instante, perplexo, então murmurou.

— Não quero fazer sexo casual com você.

— Não quer?

Ele negou com a cabeça e se esticou para deixar o copo na mesinha de ferro ao lado do balanço. Depois colocou as mãos nas costas dela e a acariciou para ouvi-la gemer.

— Não estou ansioso para ir. Vou me arrepender de não aproveitar você do jeito que deveria. Vou me martirizar por muito tempo por não ter me controlado quando precisei.

— Gosto que você seja atirado.

Ela ficou corada e fixou os olhos no local em que sua mão encostava no peito dele.

— Você vai gostar mais de mim quando eu estiver no controle — murmurou ele, pegando o copo de Stacey para colocá-lo ao lado do dele. Ele a virou para o lado contrário dele e a ajeitou confortavelmente em seu peito. Abraçando sua cintura, Connor apoiou o queixo no topo de sua cabeça e deu impulso para balançá-los. — Eu poderia me acostumar com isso — disse ele com uma voz rouca, fechando os olhos e apreciando o peso quente do corpo docemente curvilíneo encostado no dele. Suas mãos escorregaram sob a jardineira dela e envolveram os seios firmes e fartos.

Minha.

Mas, para mantê-la viva, ele tinha que deixá-la ir.

— Preciso dar uma olhada na torta — disse ela, fraca, mas fez pouquíssimo esforço para sair dali.

Connor franziu o cenho.

— Não sei como ultrapassar isso.

— O quê?

Ela se contorceu e ele a soltou, relutante.

— Ultrapassar seu casco.

— Meu *o quê*?

Levantando-se, ela se virou.

— Você é como aquelas criaturas pequenas que andam bem devagar e se escondem dentro de um casco redondo.

— Uma *tartaruga*?

— É — ele assentiu rigorosamente —, isso mesmo. Uma tartaruga *feroz*.

O olhar de raiva na expressão dela era cômico, mas ele se recusou a sorrir. Não tinham tempo para enrolação.

— Olhe. — Ela apoiou os punhos cerrados nos quadris, seu peito agitado com sua respiração ofegante. — Não é justo me pedir para fazer sexo não casual com você e depois ir embora.

— Eu sei.

— Então, pare!

— Não consigo. Desejo tanto você que chega a doer.

Ela o encarou por um instante, depois foi até a porta e entrou de repente na casa. Connor xingou baixinho e endireitou sua postura sentado. Isso era ridículo. Precisava sair dali e se concentrar. Havia muita coisa a ser feita e ele só estava complicando tudo ao perseguir uma atração que desafiava a lógica.

Não precisava de nada que o segurasse ou o contivesse, tinha que fazer o que era necessário. Stacey precisava de um homem que ficasse ao seu lado, que a apoiasse e cuidasse dela.

Levantando-se num impulso, Connor foi até a porta. Chamaria um táxi para voltar até a casa de Aidan e, então, ia trabalhar até o amigo e a namorada acordarem. Em um ou dois dias, estaria longe dali. Só precisava ficar longe de Stacey até lá.

Assim que entrou na casa, o cheiro de canela, manteiga e maçãs o atingiu tão intensamente que o fez parar no meio do caminho. Ele fez uma pausa logo na entrada e observou a pequena sala de estar.

As paredes eram de um tom amarelo ultrapálido, o sofá e a cadeira muito grandes com listras azuis e brancas, a mesa de centro e a mesinha ao lado do sofá estavam arranhadas e tinham sido entalhadas de uma forma que deixava o visitante confortável e relaxado. O local era agradável e convidativo, características que seus móveis de solteiro no Crepúsculo não tinham. Ele raramente ficava em casa sozinho, pois preferia ir para a casa de Aidan.

Agora queria ficar ali. Com Stacey.

Connor cerrou o maxilar e se sentou no sofá. Pegou o telefone e a lista telefônica na cesta de vime branco embaixo da mesa de centro, que começou a folheá-la. Sentiu Stacey entrar na sala e olhou para ela.

— Vou sair da sua...

Ele parou no meio da frase, arfando. Ela não estava mais de trança. Tinha tirado os sapatos. Seus dedos tocavam o fecho de metal da jardineira, que Connor sabia que estava prestes a ser tirado também.

— Ah, não — disse ela misteriosa, pondo a mão no bolso e jogando camisinhas no peito dele —, você não vai sair daqui agora.

Quando ele pegou as camisinhas, cada músculo do seu corpo se enrijeceu tanto que chegou a doer. Combinado com a visão da jardineira caindo no piso — revelando as pernas torneadas dela e uma calcinha vermelha de lacinho, seu pênis endureceu imediatamente... Ele gemeu.

Controle? Ele pensava que iria se controlar quando fizesse amor de novo com ela? Tinha enlouquecido?

— O que está fazendo, docinho? — perguntou de forma ríspida.

Ela ergueu uma sobrancelha, segurou sua blusa e a tirou por cima da cabeça. Seus lindos seios se balançaram com a violência do movimento. Eram os mais bonitos que ele já tinha visto. Pálidos e com mamilos rosados e grandes. Seu desejo de chupá-los lhe deixou com água na boca e ele engoliu com dificuldade.

— Estou me despindo para podermos foder — observou ela.

Nesse instante, com os punhos cerrados, o som que ele emitiu foi causado pelo desejo carnal que vinha de suas bolas.

Ele observou em uma luxúria agonizante quando ela enfiou os dedos por baixo do cós da calcinha e a empurrou para baixo, revelando um perfeito triângulo de pelos pretos. Ele não conseguia se mexer, recusava-se a piscar, intimidado por aquela visão. Baixinha, robusta onde precisava ser, de forma que ele não a quebrasse quando transasse com ela, com olhos verdes ardendo de paixão. É claro que metade dessa paixão era raiva, mas ele poderia dar um jeito nisso, se conseguisse fazer seu cérebro funcionar.

Stacey andou em sua direção, enérgica. Ele sabia que estava encrencado. Seu estômago se revirou e sua respiração ficou irregular. Não se sentia desse jeito nem quando encarava uma legião de Pesadelos. Era como se cada passo que ela dava para perto dele não pudesse ser recuado. Ele estava, ao mesmo tempo, excitado e com muito medo.

Então ela montou nele, em seu colo, e cada vez que inspirava sentia o cheiro dela. Uma mulher com desejo, disposição e tesão. Diferente de qualquer outra que conhecera.

O pequeno medo que ele sentia sumiu, se transformando em uma certeza que ele não podia negar. Não se sentiu encurralado pelo desejo de Stacey. Ele queria aquilo, ele a queria, e só quando ela estava em seus braços o tormento cessou.

Ela abriu o botão e o zíper da calça dele e a sensação dos dedos dela na extensão de seu pau o tirou de seu devaneio. Ele colocou a mão entre as pernas dela, abrindo sua boceta com os dedos, encontrando-a molhada e quente.

— Isso.

Ela respirou fundo, se enrolando com o botão da calça jeans, que estava difícil de abrir porque ele estava sentado.

— Me deixe comer você — disse ele rispidamente, desesperado para sentir o gosto dela.

Ela ficou tensa e encarou a boca dele com as pálpebras pesadas. Connor mordeu o próprio lábio inferior, então o libertou devagar, sentindo-a estremecer sob seus dedos. Massageando seu clitóris, ele lambeu os próprios lábios. Ela choramingou e seus mamilos se enrijeceram mais, apontando diretamente para o rosto dele.

Inclinando-se para a frente, ele abriu a boca e a chupou. Ainda nem de longe era o suficiente. Ele agarrou o outro seio com sua mão livre, apertando-o e amassando-o, sentindo que ficava inchado e mais pesado conforme o tesão dela aumentava. Chupando mais, ele pressionou o mamilo intumescido no céu da sua boca e lambeu para a frente e para trás sua parte debaixo. Esfregando entre as pernas dela, apreciando os sons que ela fazia, seus gemidos e suspiros, a forma que ela se contorcia e cravava as unhas em seus ombros.

Ele posicionou dois dedos na entrada de sua boceta, e em seguida os enfiou. Ela estava molhada, escorregando em seus dedos, tensionando a vagina conforme ele começou a foder. Para dentro e para fora. Fodendo a boceta dela com toda sua habilidade, fazendo-a gritar e implorar por seu pau.

— Por favor... Me fode...

Ele adorava aquilo. Nunca se cansaria. Não pelo seu ego, mas por ela. Porque queria que ela fosse feliz. Queria ser o homem capaz de fazê-la feliz.

— Connor... por favor...!

Ele estava chupando ela, mordiscando com seus dentes e lábios, movimentando a língua com rapidez. Ela começou a remexer o quadril, escorregando nele, subindo e descendo, cavalgando os dedos enfiados nela. Sua boceta estava tão encharcada que ele podia ouvir tanto quanto sentir, os sons molhados eram tão eróticos que ele ficou com medo de se descontrolar e gozar na calça mesmo.

Tirou os dedos com um gemido e soltou o seio dela com um som úmido.

— Preciso foder sua boceta.

Incapaz de esperar, Connor a agarrou pela cintura, girou seu corpo e se deitou de costas no sofá. Ela gritou de surpresa quando ele a colocou por cima da sua boca, então gemeu seu nome quando ele ergueu a cabeça e lambeu sua boceta e seu clitóris com a língua quente.

Seu pau se endureceu ainda mais ao sentir o gosto dela, tornando a calça de Connor dolorosamente apertada. Então ele a tirou, suspirando de alívio quando a pressão diminuiu e se sentiu um frescor maior.

— Mais para baixo — disse ele rouco, agarrando suas coxas.

Stacey piscou ao ver aquele deus bronzeado tocando-a em todos os lugares, com as pernas abertas numa posição obscena, e sentiu suas coxas se encharcarem com o desejo. Ela nunca ficara tão excitada. O foco dele era todo nela. Devorando-a. Exatamente como achou que Connor faria.

Quando estava tirando a torta pronta do forno, ficou imaginando como seria se eles namorassem. Imaginando como seria se esse fosse o começo, e não o fim. Do jeito que ele sempre a tocava e brincava com ela, Stacey achava que ele seria o tipo de homem que a foderia na mesa da cozinha porque era incapaz de esperar chegar ao quarto. Ela o visualizava chegando por trás enquanto estava lavando a louça, tirando seu short e enfiando o pau nela.

Era um macho primitivo e muito sexual. E ela o desejava. Nunca conhecera nenhum homem como ele. E se nunca mais conhecesse alguém igual? Sexo repentino. Sexo sem-nada-para-atrapalhar. Sexo sem limites. Ela só transara assim uma vez na vida. Na noite anterior. Com Connor. E foi fenomenal. Será que se martirizaria mais tarde por não ter aproveitado ainda mais quando teve a chance?

Quando estava com a torta de maçã borbulhando em suas mãos com luvas, Stacey decidira que já era crescida e podia lidar com aquela situação. Havia coisas piores no mundo do que ficar duas noites seguidas com um homem de que você gostava e que gostava de você.

— Chegue para baixo — repetiu ele, puxando-a, com lábios entreabertos e ardentes, um olhar obscuro e cheio de desejo. — Sente-se no meu rosto para que eu possa foder você com a língua.

Stacey estremeceu com violência. Ele era o tipo de homem que gostava de ficar por baixo da mulher. Gostava de deixá-la louca e possuí-la de uma forma bem íntima. Marcando-a, tornando-a dele.

Hoje, ela queria ser dele.

Agarrando o encosto do sofá para se equilibrar, ela foi mais para baixo, reprimindo os sons que teria deixado escapar ao sentir a respiração quente dele na sua pele molhada.

— Isso — murmurou Connor, suas mãos grandes agarrando a bunda dela. Ele começou a lambê-la, de forma lenta e demorada, mergulhando em cada sulco e fenda, ofegante. Ele massageou seu clitóris, aumentando a velocidade e lambendo tão rápido quanto um beija-flor bate suas asas.

— Bem aí — sussurrou ela, fazendo movimentos enlouquecidos com o quadril.

Mais uma lambida firme a faria gozar e ela não se intimidou, girando o quadril, buscando a língua dele. Sabendo muito bem do que ela precisava, Connor afastou a língua da pequena saliência, baixou a cabeça e a invadiu.

— Ah, nossa!

Ela estremecia, com os dedos brancos por causa da força com que agarrava o encosto do sofá.

Connor gemeu e a puxou mais para perto, segurando seu quadril e alisando sua boceta com a boca, fodendo-a com a língua de um jeito rápido e profundo. Barulhos de chupões sedutores preenchiam o ar enquanto ele a chupava, com gemidos fortes e famintos.

O orgasmo foi devastador, ela fechou os olhos com força e cerrou os dentes. Seu silêncio parecia deixá-lo mais excitado. Ele a levantou e a virou de lado, colocando-a sentada na mesa de centro de madeira antes de ficar por cima dela. Com os lábios em sua orelha, a mão esquerda em seu quadril e a direita entre eles dois para posicionar seu pau na abertura dela. Ele enfiou fundo e forte, chegando ao limite dela com a extensão de seu pau grosso.

Ela gritou de prazer, prendendo a respiração quando ele agarrou seu cabelo com uma das mãos e puxou sua cabeça para trás. Ele a envolveu com seu corpo grande e sarado. Dominou-a. Ela era dele por dentro e por fora. Até a respiração dele pertencia a ela. Ela não conseguia respirar sem inspirar o ar que ele soltava.

— Minha — murmurou ele com a mão no quadril dela, puxando-a com mais força em sua direção, até que não havia mais nenhum espaço entre eles. Ele a fodia com força, como se dissesse: "Estou dentro de você. Sou uma parte de você."

A sensação surgiu no fim do orgasmo dela e a fez apertá-lo com mais força, reacendendo as convulsões finais do clímax.

Ele gemeu enquanto ela escorregava para cima e para baixo, sua testa escorregadia com o suor pressionava a dela com força.

— Você foi feita para mim.

O tamanho era perfeito, bem confortável. Antes de conhecer Connor ela jurava que não aguentaria um pau tão grande assim. Mas ele a deixou tão excitada e molhada, que mexia o quadril para tentar rebolar e abrigar toda a extensão dele.

— Ah! — Ela arfou quando tudo se encaixou ainda melhor, pronta para mais.

— Isso — gemeu ele, mexendo o quadril para a frente e para trás, inquieto, quase automaticamente, suas bolas pesadas batendo na bunda de Stacey. — Bom demais... Bom para caralho...

Os braços dela estavam para trás, com a palma das mãos espalmadas na mesa de centro, apoiando-se.

— Me fode — implorou ela, mexendo o quadril, sentindo-se a cada segundo como uma mulher apaixonada e desejável. Algo que ela não sentia havia muito tempo.

— Eu *estou* fodendo você, docinho.

Ele se ergueu um pouco, permitindo que ela visse seu abdômen suado, revelando que ele ainda estava de calça e sapato. Isso deixou Stacey mais excitada, por ele estar passando a impressão de ser um homem que não se importava em tirar a roupa para não perder tempo, porque a desejava demais.

Então ela viu as camisinhas no sofá. Olhou para baixo, para onde os dois olhavam ao mesmo tempo com os olhos arregalados. Ele tirou seu pau brilhante e com veias pulsantes por causa da excitação dela.

— Camisinha! — Ela arfou, quando ele enfiou lentamente de volta, aumentando a temperatura do corpo dela o suficiente para fazê-la transpirar.

Ele grunhiu, recuando, depois enfiando mais fundo. Mais forte, porém mais lento, dessa vez.

— Ah, nossa! — A boceta dela tinha espasmos de prazer. O pau dele era lindo de olhar, mais ainda de cavalgar. Preenchia seu corpo de forma tão completa que ela conseguia sentir todos os detalhes dele. A dobra na parte de baixo da glande larga tocava em um ponto muito sensível, fazendo-a se contorcer. Não queria estragar nada daquilo, mas... — E-eu não tomo pílula.

Ele não recuou nem por um segundo. O que seria um balde de água fria para a maioria dos caras, teve outro efeito em Connor. Ele a puxou para perto e estocou depressa mais duas vezes.

— Não tenho como engravidar você e sou saudável.

Ela choramingou quando ele retomou o ritmo, seus músculos do abdômen se tensionavam e relaxavam com certa regularidade. Ele se inclinou sobre ela de novo, empurrando-a para trás, posicionando-se bem em cima do seu corpo. Stacey olhou para ele, derretendo-se com o calor de seu olhar, apaixonada com a visão de seu corpo gostoso em cima e dentro dela.

— Você é a única — disse ele com a voz rouca. — Nunca foi real com mais ninguém.

Stacey arqueava as costas conforme as estocadas dele a deixavam mais perto do orgasmo. Soltando o cabelo da mulher, ele apoiou as mãos na mesa ao lado dos ombros dela e invadiu sua boceta com força e sem piedade.

— Você é a única — repetiu ele, com o olhar vidrado.

Com as pernas ao redor do quadril de Connor, ela gritou, contorcendo-se embaixo dele, tensionando os dedos dos pés de tanto prazer. Ele recuou com maestria, esfregando a cabeça do pau na parte sensível dela, murmurando elogios.

Só quando ela implorou, fraca:

— *... tire...*

Ele tirou o pau, agarrando-o e masturbando-o até gemer, xingar e gozar um líquido quente e leitoso nos seios dela.

Foi primitivo e bruto. Depois a pegou no colo e se sentou com ela no sofá, então se tornou lindo e doce.

Seu corpo tremia igual ao de Stacey e seu coração batia no mesmo ritmo desesperado que o dela.

Com o sotaque acentuado pela emoção, ele sussurrou seu nome. Stacey o agarrou com força e se apaixonou de vez.

Capítulo 10

— Eles pegaram a trindade.

Michael franziu o cenho e se sentou no banco de pedra debaixo da árvore do pátio da Academia de Elite.

— Isso é lamentável.

A Anciã Rachel andava de um lado para outro, como sempre fazia quando estava agitada. Até no estado de sonho a mulher ficava muito nervosa, mas, mesmo assim, permanecia focada na tarefa que precisava cumprir. Era uma potente combinação de inquietação física e mentalidade firme.

— Foi a ruiva idiota — disse ela, irritada. — Os agentes ficam desobedientes e rebeldes com o passar dos dias. Mesmo com o chip cerebral, se torna impossível controlá-los.

— Descarte-os quando deixarem de serem úteis.

— Sei o que fazer, Ancião Sheron. Mas um deles enfiou a mão na própria cabeça e puxou o chip. Então devemos presumir que os outros também são capazes dessa autopunição.

Ele sabia disso, é claro. Sabia tudo que estava armazenado naquele cérebro sagaz porque estava dentro dele e, além do mais, os dois haviam conspirado por séculos. Mas ele estava deixando ela falar. Detestava que ele estivesse em sua mente, por isso preferia agir como se esse não fosse o caso.

— Deixe os selvagens para os capitães Cross e Bruce — murmurou ele. — Vai mantê-los ocupados e você tem coisas mais importantes para fazer. Precisamos da trindade. Você não deveria ter colocado a recuperação dela sob a responsabilidade de um agente.

— Não tive escolha. Eu precisava voltar para o Crepúsculo e comparecer à sua reunião com os Anciãos. Agora que me "voluntariei" para viajar até o plano mortal teremos muito mais liberdade para nos movimentar. Não preciso mais fingir que estou aqui quando, na verdade, estou lá.

Ela se virou e suas tranças negras e compridas ricochetearam seu ombro. Michael a admirava tanto quanto a desprezava.

— Não posso confiar em metade dos homens que trouxe comigo — reclamou ela —, porque não são leais a você e a mim, e sim aos Anciãos em geral. Os agentes são selvagens, mas o chip os mantêm leais... Pelo menos até os Pesadelos destruírem de vez as mentes deles.

Michael removeu a folha que caiu em sua manga bufante e olhou em volta, analisando a versão da Academia de Elite do sonho de Rachel. Não tinha envelhecido em sua mente, preservando a mesma aparência de quando estudara lá. O pátio central onde se encontraram era circular, limitado por cascalho e com árvores imensas que faziam sombras. Ao redor do eixo central tinha vários anfiteatros a céu aberto onde eram realizados os treinamentos de combate e, no edifício grande ao sul, as salas de aula estavam ocupadas.

— Está na hora de seguir para o próximo passo — disse ele, por fim.

Rachel ficou imóvel, com os olhos verdes arregalados.

— Eu já estava duvidando de que você ia seguir com isso.

Ela tinha feito aquela sugestão semanas atrás, mas ele não concordara. Parecia inútil usar a estratégia sem um efeito devastador. Mas chegara a hora certa.

— Nunca duvide de mim — disse Sheron, ficando em pé. Os dois se entreolharam quando ele colocou o capuz.

— Será feito do jeito que concordamos.

— Excelente. — Ele se inclinou, cumprimentando-a, e seguiu para a extremidade do fluxo de pensamento. — Até seu próximo sonho.

Connor baixou os olhos para a mulher dormindo em seus braços, e sabia que tinha se metido em uma tremenda confusão.

Ele estava com um nó no peito, o que dificultava a respiração. Toda vez que inspirava, sentia cheiro de suor e sexo, e toda vez que soltava o ar se aproximava ainda mais da hora de ir embora.

Stacey era linda dormindo. As linhas de estresse e tensão em volta de sua boca e de seus olhos amenizavam quando ela relaxava, deixando em evidência apenas sua juventude adorável. Pele suave e macia, sobrancelhas escuras arqueadas, lábios vermelho-cereja.

Ele poderia acordar assim todo dia. Com aquela mulher. Naquela casa. Havia treinado jovens para a Elite e confiava em sua habilidade para também ajudar Justin. Connor conhecia o tipo e estava familiarizado com as consequências da ausência de uma figura paterna. Tinha visto em Aidan. Não seria fácil, mas, por isso mesmo — o rosto seguro de Stacey entre as mãos, acariciando a curva de sua bochecha com o polegar —, por *ela*, valeria a pena.

Ajeitando-a, puxou-a mais para perto e beijou sua boca, pressionando os lábios nos dela, que estavam delicadamente entreabertos. O gemido de Stacey fez com que ele apertasse os braços ao seu redor. Queria ficar com ela, conhecê-la melhor, compartilhar a vida com ela. O que já era bom poderia continuar sendo tão bom dali a um mês. Dali a um ano. Dali a vários anos.

Promessa. Havia sinais de promessa entre os dois, e para ele era difícil suportar a ideia de que talvez nunca conseguisse cumprir. Uma coisa era ficar sozinho sabendo que era mais feliz desse jeito. Outra, era ficar sozinho quando se tinha alguém com quem queria estar.

Lambendo o contorno dos lábios de Stacey, Connor fez amor com a boca suculenta e macia dela. Enfeitiçado por seu gosto, ele enfiou fundo a língua, de forma lenta e demorada, do jeito que queria fazer amor com o resto do corpo dela. Se ao menos conseguisse se livrar da urgência que sentia, da sensação de que, a qualquer instante, Stacey seria arrancada dele, fazendo-o perder a chance de ficar com ela.

Ela ergueu a mão e a passou no pelo da nuca dele. O simples toque o comoveu por sua pureza absoluta. Não era um toque com o objetivo de seduzir, tinha apenas a intenção de trazê-lo para perto, mantê-lo próximo para que ela pudesse tranquilizá-lo com sua paixão recíproca. Stacey dera o mesmo que recebera, acariciando de volta a língua dele, retorcendo a boca e sugando a dele, grudando seus lábios nos dele. Connor se levantou, erguendo-a junto, sem parar de beijá-la mesmo enquanto seguia pelo corredor até o quarto dela.

— Vamos fazer de novo? — sussurrou ela de maneira sonhadora, ainda colada na boca dele.

— Com certeza.

Connor sentiu as pernas dela o envolverem na altura do quadril. Seu corpo nu encaixado no dele bastou para deixá-lo duro como uma pedra.

Ela estava molhada com o esperma dele, uma alegação rústica que despertou a besta primitiva dentro de Connor. Nenhum outro homem podia tê-la. Ele a havia marcado, ela era sua agora.

Com os braços em volta do pescoço de Connor, Stacey se inclinou para trás e olhou para baixo, para o pau endurecendo, ansioso, entre eles.

— Você largou as camisinhas na sala.

Ele resmungou baixinho, desejando poder lhe contar a verdade. Como compartilhava os sonhos de Aidan, Connor sabia que ele e Lyssa tinham certeza de que suas espécies eram reprodutivamente incompatíveis, apesar das similaridades externas. Porém, Connor sabia que contar a Stacey que ele era um ser de outro plano de existência iria arruinar o momento, talvez até qualquer possibilidade de um futuro entre os dois.

— Vou pegar — assegurou ele.

Os lábios de Stacey se curvaram lentamente num sorriso e ela o abraçou, quase fazendo-o tropeçar, pois seu ato de carinho o atingiu como um golpe. Ele a carregou até o banheiro e a colocou no chão.

— Entre — disse ele, virando-se de costas para voltar à sala —, mas não se lave. Eu quero fazer isso.

— Sim, senhor — provocou ela.

Ela estava se inclinando sobre a banheira e abrindo as torneiras quando ele lhe lançou um olhar zombeteiro por cima do ombro. Aquela visão era inspiradora. Foi pegar as camisinhas, fechou e trancou a porta da frente, então voltou para Stacey.

Ele ouviu a água do chuveiro correndo assim que entrou no quarto e imaginar a água percorrendo o corpo exuberante de Stacey o deixaram excitado. Tirando uma bota com a ponta da outra, Connor observou a decoração. Paredes cor de lavanda, colcha roxa de veludo e um simples tecido preto cobrindo as persianas brancas tornavam aquele espaço exótico em comparação ao estilo interiorano da sala.

Aquilo lhe revelou muito sobre ela, a dicotomia entre os espaços públicos e o privado. Ele se perguntou se a decoração dali inspiraria um lado diferente de Stacey e ficou ansioso para descobrir, então tirou a calça, largando-a no chão, e seguiu para o banheiro.

Parando na soleira, Connor observou minuciosamente à sua volta. Como fizera com todos os outros cômodos da casa, procurou pistas sobre a mulher que morava ali. As paredes eram de um tom roxo-escuro — como a colcha do quarto ao lado — e o teto tinha sido decorado com estrelas prateadas pintadas. Um toque de extravagância.

— Estou nua e você fica olhando para o teto? — perguntou ela de um jeito divertido.

Ele voltou sua atenção à Stacey, que estava atrás do box de vidro. Em pé em meio ao vapor, ela era a materialização da fantasia dele, e abriu a porta para convidá-lo.

— Acho que aqui pode ser muito pequeno para você — disse ela, piscando seus cílios encharcados quando ele se aproximou.

— Gosto de lugares apertados — observou ele, entrando no box com ela.

O espaço era limitado, mas ele não se importava. Só significava que eles ficariam muito próximos um do outro, que era como ele queria estar.

Ela ergueu as mãos e tocou seu abdômen. Os músculos dele se tensionaram instintivamente, reagindo ao toque.

A ponta delicada dos dedos de Stacey contornaram cada músculo definido e duro, e ele suportou a fascinação dela com dentes cerrados e dor no coração.

— Você é tão lindo — sussurrou ela, parecendo receosa.

Connor levantou seu rosto, forçando-a a olhar para ele.

— Me diga como podemos fazer isso dar certo.

Ela o observou com olhos cheios d'água e brilhantes. O tom verde estava claro e intenso. Maravilhoso.

— Connor...

A resignação no tom dela o enlouqueceu.

— Tem que haver um jeito.

— Como? — perguntou ela simplesmente. — Quanto tempo você vai passar longe? Quando vai voltar? Vai ficar quanto tempo ao voltar?

— Não sei, droga.

Ele inclinou a cabeça dela para trás e atacou sua boca, esfregando-a, tomando-a. Enfiando a língua de forma rápida e profunda. Conforme o vapor subia em volta deles, formando uma fumaça densa, ela gemeu e agarrou a cintura dele.

— Se quer muito uma coisa...

— Dói — interrompeu ela. — Só isso. E querer não significa que você consiga ou possa ter.

— Besteira — disparou ele, furioso consigo mesmo, com os Anciãos, com as mentiras e a fraude que tornava sua partida inevitável.

— Já falei. Tentei fazer você ouvir.

Ele roçou a bochecha na dela.

— Desistir não é a resposta.

Ela riu suavemente.

— Você é muito teimoso.

— Talvez. Mas sei que não consigo suportar a ideia de não ter você.

— Está só massageando meu ego.

— Pare. — Ele a chacoalhou um pouco. — Não faça piada com isso.

Stacey suspirou e se desvencilhou dele. Connor reagiu agarrando-a e aproximando com firmeza suas curvas deliciosas e molhadas.

— Connor. Nenhum de nós precisa dessa angústia. Não é saudável.

— Que angústia? — zombou ele. — Adolescentes ficam angustiadas. Eu, não.

— Vai ficar. — Olhou para ele. — Você não viu o inferno que Aidan e Lyssa têm que enfrentar. O esforço de se telefonarem entre os voos. Ficar acordado até bem tarde só para ouvir a voz do outro por alguns minutos. A dor da separação quando ele precisa viajar para algum lugar e passar semanas longe.

— Se eles conseguem, nós também podemos.

— Não. — Balançando a cabeça, ela acrescentou: — Eles se conheciam antes. Você e eu somos desconhecidos um do outro. Lyssa é sozinha, mas eu tenho uma criança e um ex que pode ou não se tornar mais presente na minha vida. Aidan trabalha para um colecionador local, já você... — ela deu de ombros — ...para quem quer que seja.

Connor cerrou o maxilar e aproximou o quadril do corpo de Stacey.

— Muito interessante seu argumento — zombou ela gentilmente. — Mas um sexo ótimo de vez em quando não vai manter duas pessoas juntas.

Perplexo, ele tentou pensar em contrapontos, mas não conseguiu. Só era capaz de encará-la, emburrado.

— Podemos pelo menos tentar.

— Estou cansada de ficar sozinha, Connor.

A possibilidade de voltar e encontrá-la com outra pessoa lhe dava vontade de gritar de raiva.

— Você não ficaria sozinha. Eu seria seu, mesmo se não estivesse aqui.

— Não dá para esperar que um homem com tanta libido como você se controle por mim.

— Vá se foder — disse ele nervoso e ofensivo.

Connor a afastou e pegou o sabonete líquido. Eles tinham que sair do banho. Ele podia reconquistá-la na cama. Lá poderia atormentá-la. Deixá-la louca por ele até que concordasse com o que fosse preciso para que a penetrasse e preenchesse seu vazio. Ele poderia arruiná-la para outros homens.

— Desculpe. — Stacey colocou as mãos em cima das de Connor quando ele envolveu seus seios. — Foi mais um comentário para os meus defeitos, não os seus.

— Defeitos? — Ele bufou. — Eu gosto de foder. Na verdade, é uma das minhas atividades preferidas, seguida de amolar minha espada, o que costumo fazer enquanto os lençóis ainda estão quentes.

Uma sobrancelha escura dela se ergueu com delicadeza.

— Isso mesmo, docinho — falou pausadamente, apertando os peitos firmes e fartos dela. — Eu até brinco que meus primeiros amores foram minhas espadas: a que carrego na minha mão e a que fica entre as minhas pernas. Não tem essa de dormir de conchinha depois. As mulheres me querem para o sexo, nada mais. E nunca tive problema com isso.

Ele observou as emoções passarem pelos traços expressivos dela.

— Ah — murmurou ele, sorrindo —, você está pensando na noite passada, não é? Eu a acomodei no sofá. Dormi com você nos braços. Faz só alguns minutos que estávamos abraçados e mesmo assim não consigo parar de tocar em você agora.

Pegando a mão dela, Connor a baixou, levando-a para a sua ereção.

— Isso é interesse sexual. — Ele ergueu novamente a mão dela e a colocou sobre o coração. — Sabe esse aperto no meu peito que você não consegue ver? Eu nunca tinha sentido isso. Você tem alguma coisa que ninguém mais tem. Não é nenhum defeito, docinho. É uma vantagem.

Os lábios de Stacey tremeram de forma alarmante e o nó no estômago dele se apertou ainda mais.

— Com você, nem pensei em amolar minha espada. — Ele se aproximou depressa dela, que tapou a boca. — Bom, não a espada de metal — corrigiu-se de forma ríspida, tendo noção de que estava estragando tudo, mas sem saber direito como consertar. — Quer dizer, *você* está molhada e minha outra espada... Bem, pensei em amolar *aquela* espada...

O rosto adorável dela se transformou numa careta e ele implorou:

— Não chore!

Ele a abraçou e deu tapinhas nas suas costas, todo sem jeito.

— Ah, cara. Sou horrível nisso. Não estou tentando deixar você mal. Foi um elogio. Ser louco por você é um problema meu, não seu. Eu...

Os lábios dela pressionaram o mamilo dele de uma forma sensual, então ela o contornou com a língua, descrevendo um movimento lento e quente. Connor ficou imóvel, encarando-a com os olhos arregalados.

Ela estava rindo para ele.

— Foi lindo — disse, fungando, com as mãos na bunda dele.

Ele ergueu as sobrancelhas.

— Foi?

— Ah, sim. Tenho quase certeza de que nunca tinha feito o peito de um homem se enrijecer. — Ela deu um sorriso de pura alegria. — Gostei disso.

— E quanto à outra parte?

Stacey riu.

— Você sabe muito bem que gosto da outra parte. — Ela baixou o tom de voz de forma provocativa. — Se nos apressarmos e sairmos do banho, vou mostrar como gosto.

Connor ficou um instante considerando a oferta, de alguma forma perdido na avalanche de emoções que estava sentindo. Algo parecido com alegria. Talvez esperança. Ele disfarçou sua enorme confusão ao ironizar:

— Você não está me usando só por causa do meu corpo, está?

— Com certeza estou. — Ela envolveu as bolas dele com as mãos. — Mas quando você estiver viajando e eu ficar esperando desesperada por uma ligação sua, estarei pensando em algo além das suas espadas.

Depois de muito insistir, Stacey seguiu Connor para fora do banheiro. Estava doida para dar uma boa olhada na parte de trás do corpo dele. Para a sorte dela, aquela era uma visão que valia a pena. Ele tinha pernas definidas por causa da atividade física rigorosa que praticava. Pernas espetaculares. Compridas e musculosas. Sua bunda era um complemento perfeito. Dura e firme. Definida. Flexionando a cada passo. Acentuando as covinhas de cada lado.

Hum.

E ali, entre as pernas, acabou vislumbrando as bolas de Connor. Nuas. Deliciosas. Talvez, se não estivesse duro, ela também conseguiria ver a cabeça de seu pau, mas ele estava ereto. Pronto. Para ela.

Como Stacey teve tanta sorte? Tinha a impressão de que tudo aquilo era bom demais para ser verdade. Só podia ter alguma coisa errada com ele. Stacey Daniels não ficava com homens perfeitos. Sempre havia alguma coisa neles que estragava. Algo de grande importância que impossibilitava qualquer relacionamento. Como Tommy, que queria ter 18 anos para sempre. Ou Tom Stein, que queria levar uma vida "natureba" no deserto, sobrevivendo a base de energia solar e água da chuva. Stacey tinha certeza de que o gene responsável por um corpo gostoso também era responsável por neurônios defeituosos.

Ela suspirou. Connor era muito gostoso. O homem mais bonito que ela já conhecera. Por mais que a parte de trás do seu corpo fosse perfeita, não chegava aos pés da parte da frente. Onde estavam os defeitos dele? Será que era sua incapacidade de conversar sobre os próprios sentimentos? Que droga, ela não gostava de discursos românticos. Sinceridade a excitava mais do que frases bonitas.

Ao chegar na cama dela, Connor se virou para encará-la e a envolveu com seus braços grandes e musculosos.

Ela adorava se sentir pequena. De ser protegida e cuidada.

— Isso foi excitante — murmurou ele.

— Humm?

Ela fechou os olhos ao apreciar a sensação do corpo musculoso dele encostando no dela. Os poucos pelos em seu peito faziam cócegas nos mamilos de Stacey, e o cheiro da pele dele, que não foi diluída pelo sabonete, acelerou loucamente os batimentos cardíacos dela.

— Senti você me observar.

— Você é maravilhoso.

Ela respirou fundo, erguendo os olhos só o suficiente para vê-lo.

— Antes de hoje, eu achava que minha aparência só me dava uma vantagem para transar.

Stacey riu de forma suave, apreciando como ele era indelicadamente sincero.

— Tenho certeza de que tem sido.

Seus lábios firmes pressionaram a têmpora dela.

— Mas agora fico feliz por ter a aparência que você gosta.

— Ah, sim. — Ela mordiscou seu queixo. — Eu gosto.

Connor se virou de repente e a jogou na colcha. Ela soltou um gritinho e então ele foi parar em cima dela, montando com uma masculinidade deliciosa e extrema. Começou a lamber os dedos do pé dela, depois beijou seu tornozelo, ergueu sua perna e mordeu atrás do joelho, o que provocou cócegas e a fez rir.

— Essa sua risada me deixa com tesão — murmurou ele, fazendo uma pausa para encará-la.

Revirando os olhos, Stacey comentou:

— Tudo te deixa com tesão. Você é uma máquina do sexo.

— Ah, é? — Ele agarrou as coxas dela e as abriu, expondo-a para que pudesse apreciar. — Eu me lembro vagamente de que tentei chamar um táxi quando você me atacou e exigiu sexo.

— Depois que você me obrigou!

Ela mordeu o próprio lábio para conter uma risada quando ele ergueu a sobrancelha. Estava surpresa por conseguir conversar com ele quando estava posicionado diante da sua boceta com um brilho feroz nos olhos. A questão é que ela nunca tinha sido boa na cama. E gostava disso.

— Como o fato de ter dito "Você não vai sair daqui agora" comprova que te obriguei?

— O ataque veio antes disso.

Connor bufou.

— Nunca obriguei uma mulher a fazer sexo.

— Também não brigou quando cedi — argumentou ela, mostrando a língua de brincadeira.

O olhar azul-esverdeado dele se escureceu e se animou.

— Cedeu? — zombou Connor. — Sou homem, docinho. Esfregue uma boceta maravilhosa na minha cara e não vou dizer não.

Ela ficou boquiaberta e riu, perplexa.

— Eu *não* esfreguei minha boceta na sua cara.

— Humm... Está bem. — Ele piscou. Acrescentar a piscadela ao seu sorriso infantil e encantador era devastador para a sanidade de uma mulher. — Esfregou, sim. Sua ninfomaníaca. Nossa, não dá para ter paz neste lugar. Sexo ontem à noite. Sexo hoje de novo. Sexo agora... — Ele suspirou de forma dramática.

— Ah, longe de mim foder com você até cansar — disse ela, cruzando os braços. — Vamos comer a torta.

Connor fez um beicinho de brincadeira.

— Eu ia comer outra coisa.

Considerando a posição em que estava, ela entendeu o que ele quis dizer.

— Não. Tudo bem. Essa ninfomaníaca aqui, surpreendentemente, não está mais no clima para sexo.

Uma mentira descarada. Ela já estava molhada e dilatada. Quando Connor olhou cético e sorriu em seguida, ela sabia que tinha reparado no estado dela.

— Posso ajudar você a entrar no clima — murmurou ele.

— Ah, por favooor. — Ela fingiu bocejar.

Ele resmungou, o que a fez rir.

— Você vai pagar por isso — ameaçou ele, fazendo cócegas nela.

— Ah! Pare!

Ela tentou rolar para longe, mas só conseguiu ficar de barriga para baixo, o que era uma clara vantagem para ele.

Connor subiu nela imediatamente, rindo. *Rindo*. Com os lábios no ouvido dela, falou:

— Vou fazer você implorar por mim.

Stacey se arrepiou de ansiedade.

— Quero ver você tentar.

— Não vou tentar, docinho. — Ele lambeu a ponta da orelha dela, depois enfiou a língua. Ela ficou mais excitada, mais molhada. Como se ele soubesse, enfiou sua mão grande entre as pernas dela e a acariciou. — Hum — disse ele. — Alguém já está excitada.

— Não sou eu.

Ela arfou quando ele tocou seu clitóris, descrevendo círculos delicados.

Connor fez um ruído cético e ela enterrou seu sorriso no travesseiro. Stacey o sentiu se mexer e a cama se balançar, depois a língua dele, quente e voraz, começou a percorrer suas costas. Ela ficou ofegante e se contorceu, sentindo cócegas e tesão ao mesmo tempo. Connor segurou seu quadril e lambeu a covinha na sua lombar.

— Pare de se contorcer — ordenou ele.

— Eu estava querendo que você saísse de cima de mim para que possa me levantar e pegar um pouco de torta.

Connor resmungou alguma coisa e mordeu a bunda de Stacey. Depois rolou para cima dela, posicionou seu pau lá embaixo e a penetrou.

Stacey choramingou e arqueou o corpo. Nossa, era tão bom. Ele era enorme em todos os sentidos, até lá, e era incrível a sensação de ser esticada até o limite. Ele colocou as mãos dos lados da cabeça dela e a encarou. Era intimidador, mas a diversão em seus olhos desmentia sua imagem robusta.

— Tão apertada e deliciosa... — comentou ele, mexendo o quadril para se ajustar dentro dela. — Posso passar o dia inteiro fazendo isso.

Ela arfou quando ele se flexionou dentro dela.

— Talvez você me convença.

Ele saiu devagar, então voltou deslizando lentamente para dentro dela, torturando-a.

— Achei que você quisesse torta.

— Humm... Mudei de ideia.

Connor estocou, entrando e saindo dela. Conforme a fodia sem pressa e com enorme habilidade, ela fechou os olhos e gemeu baixinho. Ele recuou e ficou de joelhos, envolvendo as pernas dela com suas coxas musculosas, mexendo-se para a frente e para trás. A cabeça grossa do seu pau a esfregava por dentro, acariciando diversos nervos que faziam seus mamilos se enrijecerem e empinarem. Connor meteu com força e enquanto ele enfiava até o fim, a incitou a gritar e a retorcer os dedos do pé com a mistura de prazer e dor.

— Você é tão bem-dotado — disse ela de modo arrastado, segurando os próprios peitos para amenizar a dor do inchaço.

— Quero ir mais fundo.

Ele contraiu o abdômen ao agarrar o quadril dela e meter até o fim, pressionando-a. Ele era mais grosso na base, o que fazia o clitóris dela se esfregar nele.

— Connor!

Ela jogou a cabeça para trás, quase delirando, incapaz de aguentar o a profundidade e o ritmo vagaroso com que ele fodia. Era inacreditavelmente bom. Bom de um jeito impossível. Mais algumas investidas como aquela e ela iria ter o melhor orgasmo da vida.

— Isso... Hum, assim...

Ele saiu de dentro dela e pulou para fora da cama.

Stacey se esforçou para se apoiar nos cotovelos e olhou embasbacada para ele.

— Aonde você vai?

Ele olhou por cima do ombro e piscou inocentemente.

— Vou pegar um pouco de torta para você. Disse que queria.

— Vo-você... o-o quê... *Agora...*?

— Eu não te forçaria a transar nem nada.

— Volte aqui!

Ele sorriu e parou na porta, recostando-se no batente de forma provocadora. Com aquela bunda nua e uma ereção gigante, ele era uma visão deslumbrante.

— Sua ninfomaníaca! — brincou ele.

— Venha aqui! — exclamou ela com impaciência. — Por favor.

— Está implorando?

Ela semicerrou os olhos.

— Venha. Aqui. Agora.

Ele cruzou os braços e a observou intensamente.

— O que vai fazer quando eu for embora e você estiver excitada?

— Brincar sozinha — respondeu ela com tranquilidade. — Mas isso nem chega perto da diversão de brincar com você. E você está aqui agora.

— Faça isso — pediu ele, e seu olhar sensual se fixou nas pernas dela abertas de forma obscena. — Quero ver.

Ela refletiu por um instante em observá-lo assistindo-a. O jeito que os lábios dele se entreabriam e a respiração dele se acelerava comprovava que a ideia de testemunhá-la se masturbando o excitava.

— Você vai se masturbar com essa lembrança quando estiver viajando? — perguntou ela e colocou os dedos nos cachos úmidos de sua vagina.

Connor lambeu os lábios e fez o mesmo com seu membro.

— Estou pronto para me masturbar agora mesmo.

Com as pontas dos dedos no seu clitóris dilatado, ela descrevia movimentos circulares, arrepiando-se por causa da ausência do calor do corpo dele e da excitação crescente dela. Stacey precisaria acelerar o ritmo para chegar ao orgasmo, mas esse não era o propósito daquela situação. A ideia era fazer Connor atingir um ponto que o fizesse voltar e terminar o que começou. Ela gemeu e o corpo inteiro dele estremeceu.

— Porra — disse ele com a voz rouca, se empertigando.

— Ah!

Ela tombou o pescoço para trás, empinando os seios. Esfregou-se com mais força e um pouco mais de velocidade, descendo a mão para tocar o líquido de sua boceta encharcada, depois subiu para lubrificar seus movimentos.

Então os dedos dele foram parar lá, dentro dela, invadindo-a. Fodendo. Stacey arfava, contorcendo-se, e ele permaneceu ao lado dela. Seu rosto lindo corou, seu maxilar tensionou, e suas íris foram engolidas pelas pupilas dilatadas. A atenção dele mantinha-se focada entre as pernas dela, onde mexia seus dedos habilidosos, e ela também continuava se acariciando freneticamente. Seu pau estava duro como uma pedra, a glande vermelha e brilhando com o sêmen que vazou do buraquinho.

— Deixe eu te chupar — implorou ela, salivando só de pensar.

Com um som rouco e excitado, Connor voltou para a cama, deitando-se longitudinalmente, com o pau na boca de Stacey, e a boceta dela em seu peito. Eles se viraram até ficarem de frente para o órgão um do outro. Tinham alturas tão diferentes, mas tão perfeitas para isso.

Stacey agarrou o pau magnífico dele com as mãos e levou sua boca ansiosa até ele. Sua língua tocou a cabeça quente e Connor xingou depravadamente, mas, mesmo assim, seus dedos mantiveram o ritmo do movimento. Ele adicionou o polegar, manipulando o clitóris com a pressão certa para fazê-la gozar.

Ela deu um grito abafado ao chegar ao clímax, pois estava com a boca cheia e percorrendo depressa a língua na área sensível logo abaixo da cabeça do pau dele. Connor berrou o nome dela, gozando com força, movimentando o quadril por causa do espasmo que teve ao gozar. Stacey engoliu tudo, cada gota, chupando-o tão fundo a ponto de sugar as bochechas, engolindo-o com prazer, deliciando-se.

— Chega, docinho — murmurou ele, rouco. — Você está me matando.

Stacey só o soltou quando ele afastou delicadamente sua cabeça. Ele se inclinou e se juntou a ela, abraçando-a e colocando uma perna por cima das dela.

Sentindo-se protegida, ela apoiou a bochecha em seu coração loucamente acelerado e dormiu.

Capítulo 11

Connor precisou de alguns minutos para perceber o que o havia acordado. Estava totalmente alerta e se afastando do corpo quente de Stacey quando percebeu o que tinha sido: passos se aproximando da porta da frente. A janela atrás da cabeceira de ferro forjado permitia ver a extremidade da varanda, e ele afastou a cortina preta transparente para olhar pela persiana.

Aidan e Lyssa estavam subindo a pequena escada.

Xingando baixinho, ele se virou e pegou sua calça.

— Quem é? — perguntou Stacey com a voz rouca de sono.

— Mamãe e papai — murmurou ele.

— Hã? Ah... Afe. — Ela se sentou, despenteada e com a aparência de quem foi bem comida: lábios inchados pelos beijos, bochechas rosadas e pele ruborizada. — Você acha que dizer para eles cuidarem da própria vida vai adiantar?

— Espero que sim. — Ele fechou o zíper e ofereceu a mão a ela. Tirando-a da cama, admirou seu corpo, agarrou seu seio e lhe deu um beijo apaixonado. — Vista-se. Vou atender a porta.

Connor se virou e ela bateu na bunda dele.

— Sim, senhor.

Lançando-lhe um olhar divertido por cima do ombro, Connor saiu do quarto, atravessou o corredor e abriu a porta da frente.

Aidan observou o peito nu e os pés descalços do amigo e resmungou:

— Babaca.

— Idiota — retrucou Connor.

— Não me responsabilizo por ele — disse Aidan para Lyssa. — Se ele fizer merda, a culpa não é minha.

Ela deu tapinhas no braço dele.

— Calma, querido.

Connor sorriu para Lyssa.

— Oi.

O sorriso que deu em resposta era tão doce quanto ela.

— Oi. Estou sentindo cheiro de torta de maçã.

Rindo, Connor deu um passo para trás, abrindo mais a porta. Era fim da tarde, aquela hora em que o céu ganhava um tom mais laranja do que azul e o período mais quente do dia ficara para trás.

— Tenho certeza de que Stacey vai cortar logo essa torta. Está falando sobre isso o dia inteiro.

— Você já se mudou para cá? — perguntou Aidan.

— Cara. — Connor balançou a cabeça. — Você precisa transar, tomar vitaminas ou alguma coisa assim.

— Ele não precisa transar — assegurou Lyssa, sorrindo.

— Ah, preciso, sim — argumentou Aidan. — E se você ferrar com tudo, Bruce, mato você.

— Uou. — Connor ergueu as sobrancelhas. — Você deve ser boa mesmo de cama, Lyssa. Ele está muito preocupado em não irritar você.

Ela deu de ombros, insolente.

— O que posso dizer?

— Ei, doutora. — Stacey entrou na sala, vindo do corredor. — Quer um pedaço de torta de maçã?

— Falei — disse Connor.

— Podemos conversar, Bruce? — perguntou Aidan, sério, indicando a porta da frente.

— Não sei. Podemos? — Connor colocou a mão no quadril. — Você não parece querer conversar. E sim brigar.

Aidan permaneceu parado por um instante, tenso. Em seguida o vislumbre de um sorriso surgiu no canto de sua boca.

— Por favor.

— Ah, tudo bem.

— Quer que eu corte um pedaço para você? — gritou Stacey para ele.

— Ah, com certeza. — Piscou para ela. — Quero provar um pouco dessa torta-melhor-que-sexo.

— Eu não falei isso! — protestou ela, corando.

— Você deve mesmo ser *horrível* de cama — retrucou Aidan. — A torta de Stacey é boa, mas não *tão* boa assim.

— Olha lá.

A risada de Aidan seguiu Connor pela porta de tela até chegar na varanda. Apoiando-se na grade, Connor disse:

— Antes de você começar, queria deixar claro que a minha vida sexual não é da sua conta.

— Depois discutimos isso. Agora preciso contar o que aconteceu quando acordei.

Havia certa animação em sua voz, o que chamou a atenção de Connor.

— Conte.

— Encontrei uma carta que escrevi para mim mesmo.

Connor piscou.

— Ce-certo...

— Enquanto dormia.

— Wager.

Connor sentiu grande admiração. O tenente era astuto e engenhoso, duas características que qualquer oficial gostaria de encontrar nos soldados sob seu comando.

— Sim. Sempre gostei dele. Garoto esperto.

Wager estava alguns séculos longe de ser um "garoto", mas Connor entendeu o que ele quis dizer.

Aidan passou a mão pelo cabelo. Ele sempre o mantivera curto no Crepúsculo. As mechas escuras agora estavam mais compridas do que Connor se lembrava de já ter visto. Aquele estilo suavizava os traços do capitão e se misturava ao brilho de felicidade que ficava visível quando ele olhava para Lyssa. Era um homem mudado, que se tornara esperançoso, diferente de como era antes.

— O que dizia? — perguntou Connor.

— Ele encontrou rastros de um *bug* nos arquivos que você baixou no templo.

Aidan andou até a cadeira de balanço e se sentou. Virando-se, Connor apoiou o quadril na grade.

— Um *bug*?

— Sim, um vírus ou algum programa de Troia que está monitorando tudo o que os Anciãos fazem.

— Espionando?

Aidan olhou para ele de modo misterioso.

— Isso.

— Então, tudo o que sabemos, alguém mais sabe?

— Parece que sim.

Agarrando o corrimão de madeira atrás de si, Connor olhou para o jardim lateral no quintal do vizinho. Depois bufou.

— Faz ideia de quanto tempo o *bug* está lá?

— Não tinha registro. Wager está rastreando, mas temos que nos prevenir. Ele disse que vai levar tempo e não há garantia de que vá conseguir.

— Bom, alguém por aí também não confia nos Anciãos. Talvez seja uma coisa boa para nós.

— Ou talvez não.

— Verdade.

— A carta também mencionava que seus sonhos com Sheron podem ser reais. Wager encontrou um arquivo chamado "incursão de sonho". Algo sobre como alimentar os sonhos com informação que ficaria na memória. Ele está trabalhando nisso também.

— Pobre garoto — murmurou Connor. — Como ele foi parar na Elite? O cérebro dele deve ficar entediado com tanta arrogância.

Aidan riu.

— Ele é muito esquentadinho para o serviço interno. Perguntei uma vez por que ele entrou para a Elite. Disse que foi seu primeiro amor e o resto não passava de hobby.

— Que hobby.

O barulho baixo do motor de um carro chamou a atenção dos dois para a rua. Logo após a cerca de arame que delimitava a propriedade de Stacey, um sedan preto com janelas escurecidas passou devagar e virou na rua.

A porta de tela se abriu e as garotas saíram da casa de costas, equilibrando pratos de sobremesa nas mãos. Os homens rapidamente olharam para elas.

— Quem era aquele? — perguntou Stacey ao perceber que Connor e Aidan pareciam muito interessados no veículo que se aproximava.

Aidan se levantou e olhou para ela, franzindo o cenho.

— Você não reconhece o carro?

Ela negou com a cabeça.

— Entre em casa — ordenou Connor, movendo-se para ficar entre ela e a visita.

Por um instante, Stacey pensou em retrucar que ela não era mulher de acatar ordens. Por fim, passou por Connor e colocou os dois pedaços de torta que estava carregando em cima do largo corrimão.

— A casa é minha — argumentou ela. — Quem quer que seja, quer me ver. Ou está perdido. É mais provável que esteja perdido, porque...

— Eu resolvo isso, Cross — interrompeu Connor de um jeito sombrio. — Você cuida de Lyssa.

Stacey ficou em silêncio quando Aidan se apressou para levar Lyssa de forma rude para dentro de casa.

Connor pegou o braço de Stacey e a colocou atrás de si quando o carro parou e a porta de trás do lado do motorista se abriu. Ela bateu nele, adorando que fosse superprotetor, mas também achando irritante. Era um exagero e...

Stacey ficou boquiaberta quando uma mulher tão bonita a ponto de deixar Angelina Jolie no chinelo saiu do banco de trás. Tinha cabelo preto e olhos verdes como Stacey, mas, diferente dela, era alta, esbelta e tinha os músculos definidos de quem malha bastante. E também tinha um rosto deslumbrante: fora abençoada com traços perfeitamente simétricos e uma pele bronzeada de leve. Vestia uma túnica cinza sem manga e uma calça larga, o que fez Stacey se lembrar da roupa que Connor usava quando chegou na casa de Lyssa.

— Não faço ideia de quem seja ela — disse Stacey.

— Capitão Bruce — gritou a mulher, cumprimentando-o e sorrindo de um jeito que fez a pele de Stacey formigar. Ela tinha o mesmo sotaque que Connor e Aidan, o que só deixou Stacey mais inquieta.

— Você conhece ela? — perguntou Stacey, desapontada. Não tinha a menor chance de competir com uma mulher daquela.

— Rachel — cumprimentou Connor.

O tom misterioso da voz de Connor não acalmou Stacey, como ela pensou que faria. Sim, sentia-se aliviada por ele não estar feliz em ver Rachel, mas, por outro lado, cenas de drama não eram suas favoritas.

— Olhe como você protege com tanto carinho sua amante humana — falou Rachel pausadamente, apoiando com elegância o braço na porta aberta do carro. — Eu sempre disse que a necessidade de sexo era uma fraqueza dos membros masculinos da Elite.

— Que merda ela está falando? — murmurou Stacey. — Quem é essa? — Seus olhos se arregalaram. — Ai, meu Deus! Você não é casado, é?

— O quê? — gritou Connor, olhando para ela. — Com *ela*? Está maluca?

— Com alguém?

— Não!

Rachel pigarreou.

— Desculpe, mas será que vocês podem discutir depois que eu terminar? Tenho uma longa viagem pela frente e gostaria de "pegar a estrada", como dizem.

Aidan voltou. Entregou alguma coisa a Connor, depois olhou para Stacey.

— Você precisa entrar, Stacey.

Ela olhou para o objeto na mão de Connor e se deu conta do que se tratava aquilo tudo.

— Ah, entendi! — Ela sorriu com timidez. — É sobre a espada!

— Docinho — disse Connor com os dentes cerrados. — Entre na porra da casa. Agora.

— Mandões, não é? — comentou Rachel, rindo. — Pode vir comigo, docinho. Tenho alguns... *amigos*... que adorariam conhecer você.

— Para pegá-la terá que me matar, Rachel — desafiou Connor.

A mulher jogou o cabelo por cima do ombro e riu.

— Eu sei! Isso não é maravilhoso? Por mais impaciente que eu estivesse para que a Chave fosse encontrada, pegar você e Cross no mesmo pacote só faz tudo valer a pena.

Totalmente confusa, Stacey deu uma olhada no homem no banco do motorista. Ele parecia um dos caras do *MIB - Homens de preto*, com terno preto e óculos de sol mais escuros ainda. Havia algo nele ainda mais esquisito do que a Rachel Cruella de Vil, embora não se mexesse e estivesse inexpressivo.

— Mas lutar pela Chave agora seria colocar o carro na frente dos bois — disse Rachel, balançando a mão negligentemente. — Então podem aproveitar suas humanas infelizes um pouco mais.

— Por que ela fica dizendo "humano" desse jeito? — sussurrou Stacey com raiva, já odiando aquela mulher. Rachel era muito presunçosa e desagradável. E o fato de deixar Connor e Aidan nervosos também não era um bom sinal.

— O que você quer? — perguntou Connor, andando até os degraus, como se desafiasse alguém a passar por ele e entrar na casa. Considerando que estava com uma espada enorme na mão, parecia bastante intimidador. Pelo menos para Stacey.

— Você tem algo que me pertence, Bruce. E quero de volta.

Ele desceu o primeiro degrau.

— Vá se foder.

O sorriso de Rachel se alargou.

— Eu não viria de mãos vazias. Com certeza você sabe disso, né?

— Primeiro nos mostre o que tem — murmurou Connor. Depois se virou para Aidan e sussurrou: — Leve-a para dentro de casa!

Aidan a segurou pelo braço, apertando-a com força, e a levou em direção à porta.

— Está bem — concordou Stacey. — Mas vou ficar vendo pela janela.

— Eu quero a trindade — afirmou Rachel.

Connor deu de ombros.

— Não faço ideia do que seja isso. Pelo visto você não está com sorte.

Stacey parou à porta.

— Pare de provocá-la! Ela é louca.

— Talvez isso refresque sua memória — disse Rachel, olhando para o banco de trás. — Saia.

A outra porta foi aberta e um homem saiu.

— Ai, meu Deus. — Stacey respirou fundo, afastando a mão da maçaneta da porta ao reconhecer o homem de blusa de gola alta preta e calça de esquiar. — É Tommy! O que ele está fazendo com essas pessoas, porra?

A tensão que dominou o grande corpo de Connor era palpável.

— Cross... Esse é o ex de Stacey.

Tommy ficou parado ao lado do carro visivelmente tonto, com o olhar desfocado e perdido.

No instante seguinte, o motorista se mexeu, se esticando na direção do banco do carona, de onde tirou um corpo amarrado e amordaçado.

Stacey gritou e curvou o corpo ao ver os olhos aterrorizados de Justin e seu rosto manchado de lágrimas.

O sorriso de Rachel era de arrepiar.

— Pronto, já mostrei o que tenho. E ele vai continuar comigo até que você me devolva a trindade.

Incitada pelo instinto, Stacey saiu correndo pela escada em direção ao filho. Connor se apressou em colocar o braço na frente, contendo-a. Ela gritou de raiva e frustração, debatendo-se e abaixando-se, ficando sem fôlego quando Aidan a pegou e envolveu o corpo inquieto dela com seus braços firmes. Ela arqueou o corpo e girou, esperneando como uma louca, mas ele era muito grande e forte.

Rachel pegou um celular no bolso. Jogou para Connor, que o segurou.

— Vou ligar para dar as instruções.

— Se acontecer alguma coisa com o garoto — alertou Connor com um tom de voz baixo e extremamente sério. — Vou te torturar antes de te matar.

— Uuh! — Ela estremeceu os ombros ironicamente. — Parece delicioso. — Depois sua expressão simpática ficou séria. — Quero aquela trindade, capitão. Ou eu a consigo de volta ou o garoto vai pagar.

— *Nãããããão!* — O som que saiu do corpo de Stacey era desumano. Um grito animalesco, cheio de dor e frustração, repleto do medo de uma mãe por seu filho. Ela se debateu nos braços firmes de Aidan, forçando e o arranhando para se soltar. — *Justin!*

Ela observou com olhos arregalados de horror quando o corpo do filho se contorceu de pânico assim como o dela. As mãos amarradas do garoto se ergueram e atacaram o rosto do sequestrador, tirando seus óculos de sol e revelando uma fisionomia que fez o coração dela parar. O homem revidou, deixando Justin inconsciente. Então direcionou seus olhos escuros para Stacey, exibindo seus dentes irregulares ao sorrir, apreciando o tormento e rebeldia dela.

Os gritos de Stacey ecoaram, mas não demorou para a mão de Aidan tapar sua boca, abafando-a, sua voz grave murmurando algo para ela.

Por que eles não estavam fazendo nada? Por que estavam deixando aquela vadia voltar para o carro e fechar a porta? Por que Tommy estava parado ali, quase sem piscar, enquanto o carro partia com seu filho dentro? Por que Aidan a estava impedindo, silenciando-a, murmurando coisas para ela, como se todas as promessas de segurança e retaliação que ele estava fazendo fossem acalmá-la?Aquela criatura no banco do motorista estava dirigindo para longe com seu filhinho e ela só podia assistir, presa nos braços de alguém que achou que fosse seu amigo.

Aidan a segurou até o carro sumir de vista, então a soltou. Suas pernas trêmulas a fizeram tropeçar e cair de joelhos, mas depois se levantou desajeitada, empurrando Connor quando ele tentou segurá-la. Ela correu até Tommy e bateu nele, gritou e o chacoalhou.

— Seu tremendo inútil! — berrou ela, dando um tapa no rosto dele com toda a sua força. — Seu monte de merda imprestável!

Em seguida, ela começou a correr, correr pela vida do seu filho, transpondo sua propriedade e perseguindo o sedan preto pela rua, que sumiu de vista rapidamente, mas ela não parou. Não podia parar. Correu até não conseguir mais, então se jogou no chão e chorou. Ficou aos prantos. Soluçando.

— Stacey.

Connor se ajoelhou ao lado dela, com os olhos vermelhos e lacrimejantes, cheios de compaixão.

— Não! — gritou ela. — Não se *atreva* a cho-chorar. Você deixou que le-levassem... — Ela bateu no peito nu dele, depois o socou. — Como pô-pôde dei-deixar que levassem ele? Como pô-pôde?

— Desculpe — sussurrou ele, sem se dar o trabalho de se proteger do ataque dela. — Desculpe mesmo, Stacey. Não tinha nada que eu pudesse fazer. Se houvesse algum jeito de recuperá-lo com vida, eu teria feito. Precisa acreditar em mim.

— Você sequer tentou! — Ela soluçou. — Sequer tentou.

Stacey subiu no colo dele, com o olhar embaçado fixo na estrada de terra. Ele estava descalço e com os pés sangrando por ter corrido atrás dela. Sentiu um aperto no peito ao reparar nisso, o que só a deixou ainda mais furiosa.

Connor a segurou e a carregou de volta. Ela não tinha mais forças para resistir, mas não encontrou consolo em seu abraço.

Seu precioso filho havia sumido.

Capítulo 12

Lyssa estava chorando no sofá quando Connor voltou para casa com Stacey, enquanto Aidan andava de um lado para outro. Tommy estava amarrado com fita adesiva a uma cadeira ao lado da porta. Como sua mente estava conectada ao Crepúsculo, não dava para confiar no ex de Stacey. Os Anciãos já tinham tentado matar Lyssa através de um sonâmbulo, o que os alertou para o fato de que tal conspiração era possível.

Connor estava se sentindo inútil, um estado detestável para sua saúde mental. A dor de Stacey o corroía, quase o enlouquecendo com sede de sangue e uma fúria inquieta.

— Ah, meu Deus, Stacey! — Lyssa se levantou quando a porta de tela se fechou silenciosamente após as pessoas entrarem. Ela correu para perto de Stacey, abraçando a melhor amiga assim que Connor a colocou no chão. — Eu sinto mu-muito. É tudo culpa minha.

Stacey balançou a cabeça.

— Você não podia fazer nada. — Seu olhar maldoso se dirigiu de Aidan para Tommy e em seguida para Connor, que recuou. — Que pena que não tínhamos homens grandes e fortes por perto — falou com sarcasmo, passando por todos a caminho do telefone.

— Stacey. — A voz de Lyssa saiu baixa e suplicante. — Não pode pedir ajuda.

— Por que não, porra? — exigiu saber, pegando o telefone com a mão que tremia violentamente. — Porque os policiais podem vir aqui e pensar: "Nossa, olhe para esses dois caras fortes que são ex-oficiais das Forças Especiais e não tomaram nenhuma *maldita atitude* para impedir o sequestro!" Connor ergueu o queixo, sabendo que ela tinha todo o direito de estar irritada com base nas informações que possuía, mas seu escárnio o magoava profundamente. Não era orgulho ou ego, pois essas duas coisas já haviam sido muito abaladas durante sua vida, e sim seu coração, que nunca se envolvera o suficiente para acabar magoado.

Aquilo estava lhe matando.

— Você não a conhece como nós, Stacey — disse ele com gentileza. — Não havia nada que pudéssemos ter feito para garantir a segurança de Justin.

— Mentira! — Os olhos de Stacey estavam arregalados e sombrios, suas pupilas dilatadas deixando à mostra apenas um pequeno círculo de íris verdes e brilhantes. Sua pele e seus lábios estavam pálidos, suas mãos tremiam. — Cada um de vocês, *sozinho*, poderia ter acabado com *os dois*: com a mulher e aquela aberração de máscara!

— Você tem certeza de que só havia dois deles? — perguntou Connor, obrigando-a a fazer uma pausa. — Por causa daquelas janelas escuras era impossível ver o banco de trás.

— Havia mais alguém atrás — confirmou Aidan. — Fecharam a porta do lado do carona depois que Tommy saiu.

Stacey franziu as sobrancelhas enquanto considerava essa hipótese.

Connor pressionou, pois era preciso que ela entendesse:

— Justin é valioso para ela por causa de *você*, Stacey. Rachel estava preparada para negociar, mas com o objetivo de matar Justin e pegar você em troca. Isso iria aumentar o desafio e, confie em nós, Rachel ama desafios. Tinha um motivo para ela estar em pé atrás da porta aberta do carro. Com certeza estava escondendo a espada, esperando que um de nós agisse.

— Com que porra de antiguidades vocês lidam que seriam valiosas o bastante a ponto de sequestrar alguém em troca? — questionou ela.

— Ei — disse Lyssa delicadamente, aproximando-se e colocando um braço em volta dos ombros trêmulos de Stacey. — Vamos para a cozinha e lá conto tudo para você.

— Preciso ligar para a porra da polícia.

— Primeiro me deixe explicar. Depois, se ainda achar que precisa da polícia, eu mesma levo você até a delegacia.

— O que há de *errado* com vocês? — gritou Stacey, e sua voz saiu rouca. — Meu filho sumiu e vocês querem que eu faça nada?

— Não — murmurou Connor, sentindo seu estômago se revirar de forma dolorosa. — Queremos que acredite na gente... nos seus amigos. As pessoas que am...

A palavra ficou sufocada em sua garganta, pois no fundo não estava preparado para suportar mais desprezo. Ele a havia decepcionado. Embora não pudesse ter feito nada mais sem prejudicar a vida de Justin, ele falhou em protegê-la do sofrimento. Amor. Era essa a palavra certa? Ele se importava com ela. Queria estar com ela. Detestava vê-la tão arrasada. Queria voltar a ver seus sorrisos e sua risada, seus toques gentis e seus gritos ofegantes de prazer. Queria conhecê-la melhor e compartilhar sua vida em troca. Isso era amor? Talvez fosse a semente disso. Estava brotando. Será que agora iria secar e morrer? Ou ele conseguiria consertar o estrago e ter uma chance de observar esse sentimento crescer?

— Sou sua melhor amiga, Stacey. — A voz amável de Lyssa tinha uma firmeza que interrompeu os pensamentos de Connor. — Eu te amo. Amo Justin. Quero que ele volte tanto quanto você.

O nó no peito de Connor ficou mais apertado quando Stacey desabou e caiu no choro, apoiando-se na amiga, seus cachos pretos se misturando às mechas loiras de Lyssa. Esse era o som do desespero e da falta de esperança, e isso o dilacerava. Ela era sua mulher. A única que tivera. Era sua função protegê-la e mantê-la em segurança. Em vez disso, ele a apresentou ao perigo que a fazia sofrer seriamente.

— Bruce!

Ele desviou o olhar das costas de Stacey quando ela saiu da sala, e olhou para Aidan.

— O que foi?

— Recomponha-se e vamos dar um jeito nisso.

— Estou recomposto. — Não estava. Tinha a sensação de estar se despedaçando, o que era um sentimento esquisito. Com o coração em um lugar, o cérebro em outro, e o corpo tenso com a necessidade de perseguir aquela gente. — Podemos rastreá-los pelo celular. McDougal tem essa capacidade.

Aidan assentiu com os traços marcados pela tensão.

— Isso é conveniente quando recebemos uma oferta repentina por um artefato inestimável. Rastreamos o negociador e verificamos se são legítimos antes de seguir com a transação. Mas isso não vai nos ajudar a descobrir o que Rachel quer.

Por causa do tempo que Connor passara tendo acesso ao fluxo de consciência de Aidan, ele contava com um armazenamento mental das lembranças do amigo. Estava vasculhando isso desde que Rachel exigiu a trindade, mas não conseguia encontrar qualquer coisa parecida na memória dele. Pelo que Aidan sabia, nenhum dos artefatos que recuperara era o item que Rachel queria.

Connor passou as mãos no cabelo, sendo torturado pelos sons abafados de choro que vinham da cozinha.

— Ou Rachel está completamente louca, ou está se referindo àquele objeto sujo que você pegou.

— Merda.

— Falei que já estou recomposto — murmurou ele.

Stacey gritou e algo de vidro se quebrou no outro cômodo. Ele estremeceu. Se Lyssa tinha começado a contar a ela sobre o Crepúsculo, as coisas estavam prestes a ficar muito pior.

— A mochila está no carro — avisou Aidan antes de correr para a porta.

Olhando para o celular em sua mão, Connor listou mentalmente os itens necessários. Ele precisaria de transporte, roupas, uma bolsa térmica com comida e bebida...

— Que merda vocês dois fizeram com a Lyssa? — perguntou Stacey com frieza, entrando na sala.

Connor endireitou os ombros e a encarou de cabeça erguida.

— Salvamos a vida dela.

— Mentira. — Os olhos dela queimavam como esmeralda em fogo, o que, na verdade, era um alívio depois do vazio que ele vira mais cedo. — Vocês a convenceram de que são guerreiros combatendo sonhos e ela é algum tipo de profeta das trevas e da condenação.

— Profecia — corrigiu ele. — E nós somos Guerreiros da Elite, Stacey. Não lutamos contra os sonhos, nós os protegemos.

Seus lábios trêmulos eram o único sinal de sua agonia. Os ombros estavam para trás e o queixo erguido com teimosia. Parecia pronta para dominar o mundo sozinha.

— Eu sabia que tinha alguma coisa errada com você — disse ela com amargura. — Era bom demais para ser verdade. O que você quer?

Ele ergueu uma sobrancelha.

— Vamos lá. — Ela tentou persuadi-lo com ironia. — Dois caras lindos sem passado aparecem do nada na nossa porta e meu filho acaba sendo sequestrado. Coincidência? Acho que não.

Depois de um tempo para absorvendo sua acusação, Connor respondeu:

— Você acha que eu fiz isso? — Ele a encarou por um instante, boquiaberto. — Acha que *eu* tive a ver com o sequestro de Justin?

— É a única coisa que faz sentido para mim.

— Quem disse que essa merda precisa fazer sentido?

Connor se aproximou e a segurou, passando a mão livre pelo seu cabelo e segurando sua nuca, obrigando-a a olhar para ele.

— Nós *fizemos amor*. Fiquei *dentro* de você. Como pode me acusar de alguma coisa tão abominável depois do que passamos?

— Foi só sexo — desconversou ela. Mas ela estava arfando e seus olhos se encheram de lágrimas.

Disposto a fazer qualquer — *qualquer* — coisa para recuperar a confiança dela, ele a soltou, pegou sua mão e a arrastou para a cozinha.

Lyssa aguardava na soleira da porta, mas rapidamente saiu do caminho. Connor foi até o porta-facas de madeira em cima da bancada de cerâmica branca e pegou uma delas. Com os dentes cerrados, virou-se para encarar Stacey e fez um corte na diagonal no próprio peito, ferindo-se do ombro até o abdômen.

Ela gritou quando o sangue escorreu pelo seu peito. Ele jogou a faca na pia de aço inoxidável e disse, cheio de mistério:

— Não desvie os olhos de mim.

Começou uma queimação, depois veio a coceira. Sua pele se curou sozinha quase instantaneamente. Foi um machucado superficial, de cicatrização rápida, diferente do corte profundo de Aidan, que demorou horas para curar.

— Puta merda. — Ela respirou fundo, tropeçando conforme seus joelhos falharam.

Amparando-a, Connor a ajudou a ir até a mesa mais próxima, na copa. Ela tocou a pele dele, esfregando o sangue para conferir que não havia ficado marca. Aidan entrou ali naquele momento e colocou a mochila em cima da mesa, perto do cotovelo dela.

Ele a abriu e pegou o livro que roubara dos Anciãos e o objeto envolto em tecido.

— Precisamos esclarecer essa situação, Bruce, e ver se conseguimos encontrar alguma menção do que quer que isso seja.

— Tenho que falar com McDougal — disse Connor —, antes de Rachel ligar.

— Você não pode ir. Nunca vai passar pela segurança.

— Espere para ver. — Connor sorriu de um jeito misterioso. — Não sei ler a língua dos Anciãos, porque dormi nessas aulas, mas consigo invadir qualquer lugar e acabar com qualquer um.

O amigo parecia pronto para discutir.

— Confie em mim, Aidan. É melhor assim. Em vez de você arriscar seu emprego, pode bancar uma vítima de sequestro ou algo do tipo. Sairá disso sem culpa.

— É uma merda de plano — murmurou ele.

— Ei, aprendi com o melhor.

Resmungando baixinho, Aidan disse, mesmo assim:

— Vá. Vou tentar descobrir por que ela quer tanto essa trindade.

Stacey pegou o livro e o abriu, passando os dedos pelo texto.

— O que é isso?

Com a necessidade de estabelecer alguma conexão com ela, Connor colocou a mão em seus ombros e se inclinou para a frente.

— Antes de criar uma base de dados virtual, nosso povo registrava nossa história em textos, assim como vocês.

— E você não sabe ler isso? — perguntou ela, com o olhar fixo nas páginas que virava.

— Não. Nossa língua atual é baseada nessa, assim como a de vocês tem origem no latim, mas só os estudiosos e os extremamente curiosos, como Cross, sabem o suficiente para entender.

— Nossa — sussurrou ela. — Acho que estou ficando louca.

Ele se voltou para Aidan, os dois se entreolharam e o amigo disse:

— Nós cuidaremos dela.

Connor odiava o fato de que não seria ele a consolar Stacey, mas sabia que seu lugar na vida dela era, na melhor das hipóteses, uma linha tênue. Ela precisava de consolo e segurança, e ele sabia que não iria procurá-lo para nenhuma dessas coisas. O melhor que podia fazer era administrar a logística e o trabalho sujo para recuperar Justin. Ele assentiu e disse:

— Obrigado. Vou sair para pegar as coisas de que precisamos.

Stacey se virou na cadeira e olhou para ele.

— Que coisas? Do que precisamos?

— Vou atrás do seu filho. Vou precisar de alguns equipamentos específicos para fazer isso.

A esperança encheu os olhos dela.

— Vou com você.

— De jeito nenhum — disse ele com firmeza. — Não é seguro. Você precisa...

— Não me diga que não é seguro! — Ela ficou de pé. — Se Justin está lá, também vou. Você viu a expressão horrorizada dele? Viu aquela aberração sentada ao seu lado, escondendo-se por trás da porra daquela máscara para que eu não conseguisse identificá-lo para a polícia?

— Máscara? — Lyssa franziu o cenho.

— É, doutora. Uma máscara. Com olhos pretos e dentes falsos de vampiro. Fiquei com medo só de olhar para aquilo. Não consigo imaginar pelo que o meu filhinho está passando... — A voz de Stacey ficou embargada e se silenciou.

Connor a puxou para perto, incapaz de fazer o contrário, mas ela se debateu e se soltou dele. Depois contornou a bancada, como se aquela barreira fosse mantê-lo distante.

Ele cerrou o maxilar enquanto a rejeição dela o magoava profundamente.

— Uma máscara... — sussurrou Lyssa entre seus lábios pálidos. — Ah, não!

Connor notou que ela entendeu o que estava acontecendo. Ele não fazia ideia de como Rachel controlava o Guardião infectado pelo Pesadelo, mas, independentemente de como, duvidava que a coleira fosse forte o bastante para garantir a segurança de Justin por muito tempo.

O tempo estava passando.

Enfiando o celular no bolso, Connor se virou para sair.

— Estou indo.

Aidan se sentou na cadeira em frente à mochila.

— Vou fazer café — disse Lyssa.

— Vou arrumar as malas — murmurou Stacey, saindo da cozinha.

Connor cerrou os dentes e correu pela porta, preparando-se para a discussão que estava por vir. Não ia colocar Stacey em risco. Era melhor ela ir se acostumando com isso.

Ele entrou no carro de Lyssa e partiu.

Capítulo 13

A distância entre o portão de ferro forjado maciço da segurança e a entrada da mansão de McDougal não era pequena. Tinha, pelo menos, três quilômetros e levava a uma subida bem íngreme com várias curvas acentuadas. Câmeras nos postes se direcionavam para registrar o progresso de Connor, uma precaução que a equipe de segurança de McDougal não se esforçava para disfarçar.

Como tinha visto as memórias de Aidan, Connor sabia que, na primeira vez que estivera ali, seu amigo ficou um pouco intimidado com aquela recepção nada calorosa. Meses depois, Aidan ainda ficava nervoso ali, mas o emprego se encaixava totalmente em suas necessidades, então ele deu um jeito de aguentar. Um pouco de desconforto compensava o dinheiro que aquele trabalho rendia e as despesas para viagens ilimitadas.

Connor não tinha o desejo ou a inclinação de ficar nervoso com a tarefa que ganharia em seguida. Stacey e Justin precisavam dele e seu desconforto particular não importava.

Ele passou pela rotunda e estacionou o carro de Lyssa na vaga que tinha o nome de Aidan. A casa principal estava localizada depois da próxima curva. O prédio menor ali era para o uso de Aidan.

Quando o amigo estava pronto para trabalhar, uma equipe de seis assistentes ficava à sua disposição. Como ele devia estar no México, o prédio ficara deserto, o que condizia perfeitamente com os objetivos de Connor. Ele ia pegar "emprestado" os itens de que precisava. Tinha certeza de que McDougal consideraria roubo.

Tirando as chaves de Aidan do bolso, Connor destrancou a porta pesada de metal. Quando a abriu, as luzes se acenderam, iluminando o corredor de linóleo ladeado por cômodos com diferentes propósitos.

Em alguns aspectos, o fez se lembrar da caverna de pedra no Crepúsculo e da galeria particular do Templo dos Anciãos, onde o chão se dissolvia em espirais multicoloridas e vislumbres do espaço estrelado. Ele sabia que era ilusório comparar esse ambiente humano improdutivo com os mistérios do Crepúsculo, mas não conseguia se livrar da impressão de *déjà-vu*.

Connor destrancou a terceira porta à direita e um sensor registrou o movimento e acendeu as luzes. Espalhadas pela sala havia mesas de aço inoxidável repletas de aparelhos eletrônicos em vários estágios de montagem. Apoiada na parede mais distante, uma estante especialmente projetada guardava dúzias de notebooks prateados e Connor foi até lá.

Estavam todos carregados, devido à ausência prolongada de Aidan, então Connor pegou o primeiro que viu, o revirou para analisá-lo, o que ativou algo.

O nível de segurança de McDougal era surpreendente até mesmo para alguém com o vasto conhecimento de Connor. De vez em quando, ele se perguntava por que aquele cara era tão fascinado pelo passado e o que fazia atualmente que o deixava tão neurótico por cautela. McDougal nunca recebia visitas e costumava ser comparado a Howard Hughes nos últimos estágios de demência.

— Quem é você?

Connor se sobressaltou ao ouvir a distinta voz rouca de McDougal. Olhou para trás, mas estava sozinho ali. McDougal estava falando pelos alto-falantes de cristal posicionados em todo canto.

— Connor Bruce — respondeu, imaginando como seria a aparência de alguém com aquela voz. Dava a impressão de que ele tinha um respirador.

— E eu deveria conhecê-lo, senhor Bruce?

Com um sorriso irônico, Connor balançou a cabeça.

— Não. Receio que não, senhor McDougal.

— Então por que está pegando meu caro equipamento?

Connor parou enquanto colocava o agora útil notebook na capinha. Uma pergunta sensata. Mas ele valorizava muito o emprego de Aidan para ser sincero.

— Surgiu algo urgente e preciso de ajuda.

— Ah, sim. Vocês, mercenários, nunca estão totalmente fora de perigo, não é?

— Você está sendo modesto — comentou Connor.

— E como o senhor Cross se encaixa nesse plano?

— Dei uma pancada na cabeça dele e roubei o carro e as chaves.

— E você, em um passe de mágica, descobriu o caminho para a minha propriedade, como se tivesse vindo várias vezes aqui?

— Hum... algo assim.

Houve uma demorada hesitação, mas Connor continuou se movendo, juntando todos os objetos de que precisaria para rastrear o sinal do celular de Rachel.

— Sou um homem muito rico, senhor Bruce.

— Sim, senhor. Eu sei.

Ele pegou a mochila e saiu do cômodo, dando corajosos passos largos no corredor.

— Há um bom motivo para isso.

— Tenho certeza de que sim.

Connor digitou o código que abria a porta do arsenal.

— Não permito que as pessoas tirem proveito de mim.

O mecanismo de tranca fez um barulho, aprovando sua entrada, e os cadeados se destravaram com um chiado agudo. Connor abriu a porta pesada e deixou sua mochila na mesa que ficava no centro do cômodo. Ali era o paraíso de um bom atirador.

— Não estou me aproveitando do senhor. — Ele começou a pegar as pistolas das respectivas estantes e a colocá-las ao lado do notebook. — Juro que vou devolver tudo que estou levando hoje.

— Incluindo o senhor Cross?

— Principalmente Cross — respondeu Connor, carregando o pente das armas com balas. — Ele vai ficar com um galo gigante na cabeça, mas, em compensação, estará bem descansado.

— Estou pretendendo impedir você.

— Estou pretendendo dificultar isso.

— Há mais de dez homens armados rodeando o carro de Cross enquanto conversamos.

Connor colocou a mão nas costas e deu um tapinha no cabo da espada sobre seu ombro.

— Humm... Tenho um fraco por espadas — disse McDougal.

— Eu também. Posso derrotar muita gente com uma. Não é legal, então eu preferiria ter uma atitude mais pacífica, caso não se importe.

Trabalhando com eficiência, Connor pegou outra caixa de balas e carregou mais armas.

— Você sabe se portar com um arsenal, senhor Bruce.

— É um pré-requisito para os mercenários.

— Eu poderia contar com mais homens como você — disse McDougal, embora, na realidade, aquilo fosse uma ordem. Os dois sabiam que Aidan precisaria da piedade dele. — Acho que me deve algo por minha cooperação, não concorda?

— O que você quer?

— Crédito para uma tarefa futura. De minha escolha.

Connor parou e, sombrio, observou as armas em suas mãos. Seus instintos eram totalmente afiados e era algo em que ele confiava cegamente. No momento, estavam alterados. Connor bufou de forma brusca.

— Mas Cross vai poder se manter no emprego?

— Claro. Afinal de contas, ele não tem culpa por você ter lhe dado uma surra, certo?

— Certo.

— Excelente! — Havia satisfação em sua voz áspera. — Isso até me deixou de bom humor. Será que quer uma assistência? Alguns homens para ajudar? Equipamento?

Ah, sim... ele estaria muito ferrado se McDougal adiantasse seu "crédito" desse jeito. Mas dane-se. Se ele ia fazer negócio com o diabo, esperava que valesse a pena vender sua alma.

— Tudo o que tenho direito — disse ele, voltando ao trabalho. — Será que consigo um helicóptero também?

Aidan baixou os olhos para um triângulo minúsculo ornamentado com um design intrigante e se perguntou qual seria seu valor. Era fino, aproximadamente cinco centímetros de diâmetro e sem nada na parte de trás. Ele conseguia enxergar através do objeto, então não havia compartimento onde algo pudesse ser escondido. Na verdade, se ele encontrasse isso sem ter qualquer noção prévia do que era, arriscaria que era um pingente ou alguma joia.

— Ei. — Lyssa puxou a cadeira ao seu lado e se sentou, colocando uma xícara de café quente à sua frente. — É isso?

Ele deu de ombros e virou o livro para que ela pudesse ver a descrição nas páginas.

— Com certeza é um dos itens que eu estava esperando encontrar, mas há peças que não temos e que trabalham em conjunto com esta.

— Pelo menos é um triângulo — comentou ela. — É um bom sinal.

— Sim, é uma esperança. Há uma menção ao deserto Mojave. As coordenadas — ele apontou para a página — levam até essa área e a menção das cavernas parece confirmar.

Ela esticou o braço e colocou a mão em cima da dele.

— Estou preocupada. Se acontecer alguma coisa com Justin, acho que Stacey não vai aguentar. Ele é tudo que ela tem.

— Eu sei. — Ele se endireitou na cadeira. — Os Anciãos são muito bons em encontrar pontos fracos e explorar isso. Eu previa algo assim. Só não esperava que fosse atingir Stacey.

— Como algum de nós poderia saber?

— Connor sugeriu que talvez ela fosse vulnerável por ser tão próxima de você. Achei que ele estivesse me enganando, usando isso como desculpa para poder se interessar por ela. Mas é óbvio que eu estava errado.

— Acho que ele gosta mesmo dela.

— É. — Aidan soltou a respiração. — Também acho.

— Então para onde vamos daqui? — Ela o largou e se recostou na cadeira.

— Vou ter que procurar mais coisas parecidas com esta — ele segurou o triângulo delicado —, usando um livro que foi escrito numa época em que a paisagem era totalmente diferente do que a dos dias de hoje. Vou ter que passar mais tempo do que nunca fora. Se Connor e Stacey conseguirem se acertar depois do que acontecer essa noite, vou me sentir melhor. Não tenho como proteger todo mundo, Lyssa. Não para de dar merda.

— Não tenho certeza se que a ajuda dele vai bastar, por mais que eu a valorize.

— Verdade. — A boca de Aidan formou uma severa linha fina. — Precisamos de reforços. Assim que tivermos um tempo, Connor vai ter que parar para pensar em quem é a melhor pessoa para trazer do Crepúsculo. Não estive com os homens desde que se tornaram rebeldes, então não faço ideia de quem é bom ou não para essa tarefa.

Lyssa se inclinou e deu um beijo na bochecha dele.

— Não consigo acreditar em todos os sacrifícios que os Guardiões estão fazendo por nós.

— Fomos nós quem fodemos com tudo, coisa linda. — Ele agarrou a nuca de Lyssa e acariciou o nariz dela com o seu. — É nossa responsabilidade dar um jeito nas coisas.

O som de um carro estacionando na entrada da garagem chamou atenção dos dois. Em seguida surgiu outro carro. E outro. Levantando-se, eles correram até a porta da frente. Stacey ficou parada na varanda, observando a invasão com um olhar vazio.

Uma frota de carros tomava a propriedade de Stacey. Hummers, Magnums, Jeeps e vans, com os faróis apontando para todas as direções conforme ocupavam o gramado.

— Puta merda — exclamou Lyssa.

— Eu devo ter enlouquecido — murmurou Stacey, envolvendo a cintura com os braços. — Não há outra explicação para toda essa loucura.

Connor saiu do carro mais próximo, um Magnum preto. Olhou para Aidan e deu de ombros.

— Trouxe reforços.

— Estou vendo.

O jardim ficou novamente no escuro conforme os faróis foram se apagando, um de cada vez. Homens e mulheres começaram a sair dos veículos. Portas de carga e descarga e porta-malas se abriram e um monte de equipamento foi retirado.

Subindo a escada correndo, Connor fez sinal para que todos entrassem.

— Sua casa vai ser a base, Stacey — explicou ele, segurando a porta aberta para ela e Lyssa entrarem. — Tem um rastreador no celular de Rachel que envia a localização para um receptor. Ao deixá-lo aqui, vai parecer que estamos parados.

— Faça o que quiser com a maldita casa — disse ela com os olhos verdes firmes e determinados. — Contanto que eu consiga o Justin de volta, não dou a mínima para o resto.

A porta de tela se abriu e uma enxurrada de indivíduos camuflados entraram.

— Primeiro, alguém dê a ele um sedativo — disse Connor ao grupo todo, apontando para Tommy. Olhou para Stacey. — Vamos levá-lo de volta para o hotel. Pode escrever um bilhete dizendo que Justin te ligou e reclamou que estava com saudade de casa? Invente alguma coisa que justifique você não querer arranjar briga com ele, por isso veio e foi embora sem acordá-lo.

Stacey ergueu uma sobrancelha.

— É a coisa mais plausível em que pensei no curto prazo que temos — argumentou Connor. — Se tiver uma ideia melhor, pode falar.

— Foda-se.

— Está bem. — Connor olhou para Aidan. — E aí?

— É triangular — respondeu ele —, mas é uma parte pequena de um objeto maior e, até descobrir quais são as outras partes, não consigo saber para que serve.

Connor pegou a mochila que um dos homens de McDougal jogou para ele.

— Tenho que vestir a roupa da moda por aqui. — Ele apontou para as pessoas ao redor vestidas de cinza, preto e branco. — McDougal não tinha muita variedade no departamento de trajes esportivas.

— Como você arranjou tudo isso? — perguntou Aidan.

— Um favor aqui e outro ali.

— Posso lhe dar cobertura — disse Aidan.

— Obrigado. Tenho que me trocar antes que Rachel ligue. Espero que a gente consiga encontrar a localização dela.

Connor atravessou o corredor em direção ao banheiro social, que era decorado com o tom verde do mar. Stacey gostava de cor porque tinha uma personalidade animada. Quando ele entrou no chuveiro, refletiu sobre isso, pensando em quantas coisas ficava considerando sobre ela.

Durante séculos, uma Guardiã no Crepúsculo chamada Morgan havia sido um tipo de "estepe" para ele. Se quisesse um sexo rápido, sem expectativa, muito menos conversa, ela era a garota certa. Mesmo assim, apesar das diversas vezes que dormira com ela, Connor não conseguia se lembrar de como era o interior da casa de Morgan. Sabia que ela gostava de flores, por isso sempre levava alguma para ela, mas não tinha ideia de qual era sua flor ou cor favorita.

Queria saber tudo sobre Stacey.

Por que ela? Por que agora?

— Ah, foda-se! — resmungou ele, esfregando sabão no cabelo. Ficara com dor de cabeça ao tentar entender seus sentimentos.

Ele se importava. Ponto final. Por que precisava saber o motivo? Simplesmente se importava.

Alguns minutos depois, quando Connor saiu do banheiro envolto em vapor, encontrou a sala, a copa e a cozinha cheias de gente trabalhando.

O murmúrio de conversas parou de repente. Ele franziu o cenho, então ouviu o toque suave de um celular trivial que explicou o silêncio subsequente. Andou depressa até o limiar entre a sala e a cozinha. Quando o amigo apareceu, Aidan jogou o telefone para ele.

Connor pegou o aparelho e o abriu com tranquilidade.

— Pois não?

Um cabo conectava o telefone ao notebook na mesa, que era monitorado por uma jovem com cabelo castanho severamente contido e rosto inexpressivo. Ela fez um sinal positivo com o dedo para indicar que o rastreamento estava em andamento.

— *Capitão Bruce* — disse Rachel —*, você está com a trindade?*

— O triângulo de ornamentos dourados? — perguntou ele. — Está comigo.

— *Excelente, depois que estiver em segurança comigo, vou mandar alguém...*

— De jeito nenhum. — Ele passou a agarrar o telefone com mais força. — Troca justa. Eu vejo o garoto vivo e você vê a trindade.

— *Assim você me magoa, capitão. Depois de tudo pelo que passamos juntos, ainda não confia em mim?*

— Não. Nem um pouco.

— *Muito bem, então. Encontre comigo no estacionamento do shopping Del Mar em Monterey.*

— Combinado.

Ele olhou para a garota com o notebook. Ela negou com a cabeça. Droga, ele precisava mantê-la na linha por um pouco mais de tempo...

— Rachel? Um conselho? Nenhum arranhão no menino. — Seu tom de voz baixou de forma sinistra. — Caso contrário, você não vai gostar do que vai acontecer.

Connor cerrou os dentes quando Rachel riu, mas esperou ela se desconectar da linha antes de desligar.

— De acordo com a última posição da torre, essa ligação não veio do norte — disse a morena. — Veio de Barstow.

Aidan olhou para Connor.

— Acho que ela está seguindo para Mojave.

— Podemos ir agora? — perguntou Stacey, aparecendo na cozinha.

Estava usando uma blusa com pregas pretas, uma calça camuflada e coturnos. Mais importante do que isso, contudo, era sua expressão. Olhos ardentes e lábios franzidos diziam a Connor que seria difícil dissuadi-la de ir junto.

— Por que você não ajuda Aidan a descobrir mais coisas? — sugeriu ele.

— Boa tentativa — retrucou ela. — Mas não vou ficar aqui.

Ele olhou de volta para Aidan.

— Você vai mandar alguém para Monterey?

Eles se conheciam tão bem que conseguiam se comunicar sem falar nada. As chances de Rachel se afastar do seu objeto de chantagem eram tão remotas que eles sequer a consideraram. Justin estava com ela. Monterey era uma armadilha. Já que levaria três horas até Mojave e mais algumas horas para chegar em Monterey, ela estava ganhando tempo.

— Não sou burra — disse Stacey, aproximando-se dele. O topo de sua cabeça mal batia no ombro dele, mas ela colocou as mãos no quadril, parecendo pronta para enfrentá-lo. — Você acha que pode me mandar para Monterey, não acha? É mais rápido chegar em Mojave e você espera resolver tudo antes de me colocar em perigo.

Connor se esforçou para se manter sério, pois na verdade queria sorrir.

— Se Justin está em Monterey, é lá que você quer estar.

— Escute. — Sua cabeça se inclinou para o lado. — Vou com *você*. Se vai para Monterey, é para lá que vou. Se vai para Mojave, é para lá que eu vou. Agora pegue suas coisas e vamos.

Stacey olhou para Aidan.

— Vamos em que carro?

— Stacey, por favor — implorou Lyssa de onde estava sentada, do outro lado da mesinha. — Fique comigo.

— Desculpe, doutora, mas não posso.

Segurando o braço dela, Connor a conduziu pela sala lotada até lá fora. Ele a levou para o canto mais distante da varanda, perto da janela do quarto, o mais longe possível do tráfego de entrada e saída da casa.

Com as pernas trêmulas, Stacey seguiu Connor. Estava torcendo para ele não perceber como seus passos estavam irregulares. Morria de medo de que Connor encontrasse um jeito de deixá-la para trás. Talvez fosse irracional sentir que precisava ir com ele, mas não conseguia se livrar dessa impressão. Sua casa não era mais dela, Lyssa se transformara em um sentimento de culpa ambulante, e Aidan estava focado em manter as coisas ocorrendo com tranquilidade. Ela se sentia uma intrusa: perdida, confusa e assustada demais. Connor era sua única âncora no meio da confusão que sua vida se tornara. Era equilibrado e preparado. Pronto para lutar. O que ela faria se ele a deixasse para trás?

Ele parou e exalou com força. O teto da varanda formou uma sombra em cima dele, mas seus olhos brilhavam com uma emoção que, ao mesmo tempo, ela desejava e repelia.

— Stacey — começou ele com aquele sotaque baixo e carregado que ela adorava. — O que posso fazer para que você fique aqui?

— Nada. — Sua voz saiu mais rouca do que gostaria.

— Docinho. — Seu tom sofrido a fez chorar.

— Você não pode me deixar aqui, Connor. Não pode.

Ele envolveu o rosto de Stacey com as mãos e pressionou seus lábios firmes na testa dela.

— Não vou conseguir raciocinar se você estiver comigo. Eu ficaria com muito medo por você.

— Por favor — implorou ela e sua voz saiu um pouco mais que um sussurro. — Por favor, me leve com você. Vou enlouquecer aqui.

Connor ia dizer não, ela sabia disso, por isso agarrava sua camiseta. A pele dele estava tão quente que ela conseguia sentir a umidade através do tecido preto.

— Você me deve — disse ela. — Juro por Deus que nunca vou perdoar você se me deixar para trás. Nunca teremos uma chance, você e eu, se for sem mim.

Seu corpo ficou tenso e ele ergueu a cabeça.

— E nós temos uma chance agora?

Ela engoliu em seco, sentindo um aperto no peito que era uma mistura de angústia e ansiedade.

— Stacey? — Ele pressionou os lábios entreabertos nos dela, enfiando a língua.

— Não sei. — Ela respirou encostada na boca dele. — Não consigo pensar em tudo agora. O que você é... O que isso significa... Mas preciso de você. Preciso estar com você.

Connor apoiou a testa na dela e xingou baixinho.

— Você vai ter que me escutar. Obedecer sem questionar.

— Está bem — prometeu ela, se aproximando dele. — O que você quiser.

— Você vai acabar comigo — murmurou ele, dando lambidas possessivas e intensas na boca de Stacey. Seus polegares acariciavam as bochechas dela, secando as lágrimas. Seu abraço estava quase apertado demais, sua paixão era quase excessiva.

Stacey o recebeu, recebeu seu calor e sua força, afinal ela não tinha nenhum dos dois, e sentiu falta disso quando ele a afastou, relutante.

— Então vamos pegar nossas coisas — disse Connor com um suspiro resignado. — Quanto mais cedo a gente for, mais cedo teremos Justin de volta.

Muito grata, ela o segurou e o beijou mais uma vez.

— Obrigada.

— Não gosto disso — resmungou ele. — Não gosto nem um pouco.

Mas seguiria com isso de qualquer forma, porque não podia negar nada a ela. Havia algo precioso naquela rendição.

Stacey guardou o sentimento para analisar outro dia.

Capítulo 14

Connor fixou o olhar na estrada e questionou a própria sanidade. Aparentemente estava no inferno, do contrário, Stacey não estaria no banco do carona ao lado dele.

— Então todo o seu povo é imortal? — perguntou ela, hesitante.

Ele apertou o volante com mais força. O poder do motor HEMI do Magnum os conduzia pela Interestadual 15 a 140 quilômetros por hora, mas ele estava sendo corroído por uma agonia que lhe dava a impressão de que continuavam parados e não iriam chegar ao seu destino rápido o suficiente.

— Podem nos matar — disse ele, por fim —, mas requer grande esforço.

— Você vai ma...matar Rachel?

Ele a olhou de soslaio.

— Talvez seja necessário.

Ela assentiu, séria.

— Vou fazer tudo o que puder para manter isso correto e justo, mas, se as coisas ficarem feias, não podemos correr o risco de falhar.

— Não, não podemos. — Ela deu um sorriso trêmulo que tinha o objetivo de tranquilizá-lo, mas o coração dele se apertou. — Achei que pudesse precisar de mim quando me deu essa arma e começou a explicar.

— Isso é para você se proteger. Não se preocupe comigo, Stacey. — Ele esticou o braço e colocou a mão em cima da dela, que segurava a pistola. — Fique viva. Essa é a coisa mais importante.

Um silêncio pairou entre eles. Nada confortável nem desconfortável.

Ela soltou a respiração, depois se virou no banco para encará-lo.

— Então eu só preciso esticar os braços para a frente e ficar puxando o gatilho até as balas acabarem, mesmo se eles já tiverem caído?

— Sim, principalmente se estiverem caídos. Não dá para matá-los com uma arma. Você só vai apenas deixá-los lentos por tempo suficiente para que eu termine o trabalho.

— Com a espada.

— Isso mesmo. Os Guardiões conseguem curar a maioria dos ferimentos, mas não podemos fazer crescer de novo algum membro ou a cabeça.

— Eca. — Ela estremeceu.

— E fique de olhos abertos. Sei que parece óbvio, mas quando a arma dispara, piscamos naturalmente. Você pode errar um tiro assim.

— Olhos abertos. Entendi.

O sistema de comunicação sinalizou uma chamada recebida e os dois se entreolharam. Connor ativou a linha e disse:

— Diga que tem uma notícia boa, Cross.

O sotaque de Aidan veio pelos alto-falantes:

— Localizamos o sedan preto. Sua lembrança dos números da placa estava certa e nos levou a uma locadora de carros em San Diego que tem localizador por GPS em todos os carros. Você está bem perto deles agora.

— Onde? — gritou Stacey.

— Eles estacionaram em Barstow, perto de onde o rastreamento do sinal de celular se perdeu. Por sorte, eles devem ter decidido parar durante a noite e não vasculharam o carro.

Connor observou a placa verde da estrada pela qual passaram.

— Chegaremos em Barstow em alguns minutos.

— Mandei um helicóptero até aí — disse Aidan. — Talvez seja necessário.

— Stacey? — A voz de Lyssa surgiu cheia de preocupação. — Como você está?

— Estou bem, doutora.

— O pessoal aqui está louco pela sua torta — comentou Lyssa. — Espero que não se importe. Já faz algumas horas que vocês saíram e estão ficando com fome.

— Está brincando? — Stacey sorriu, de bom humor. — Eles estão me ajudando a recuperar meu filho. Amo cada um. Podem comer o que quiserem.

— Ei! — reclamou Connor, ajudando Lyssa a manter Stacey animada. — Guarde um pedaço para mim.

— Não se preocupe. — Stacey tocou o antebraço dele, mas afastou a mão logo em seguida. — Vou fazer uma torta só para você. Não vai precisar dividir.

Ela olhou para ele de um jeito que o deixou sem ar. Havia carinho ali. Sua linguagem corporal mostrava que ela estava cautelosa, mas seu gesto encheu Connor de esperança.

— Eles estão disputando para ver quem consegue comer — disse Lyssa, dando uma risada agradável. — É muita gente para pouca torta.

— Continua não sendo melhor que sexo — insistiu Aidan.

— Depende do sexo — gritou alguém ao fundo.

Isso provocou um sorriso sincero em Stacey, o que fez Connor se sentir bem por ver um pouco de vida nela. Estava tão pálida, com os olhos tão arregalados e a boca contornada por linhas de estresse.

— Vocês estão me deixando com fome — resmungou ele, que não comia desde o café da manhã, e não era assim que ele gostava de ir para a batalha.

— Ok. — O tom de alerta na voz de Aidan chamou a atenção de Connor. — Pegue a próxima saída.

Olhando por cima do ombro, Connor ficou agradecido pela quantidade de sonhos compartilhados nos quais aprendera a dirigir e a entender o significado das cores do sinal de trânsito. Todos os veículos atrás deles eram apoio, vans levando membros da equipe e Hummers com reforço armado. Um dia, ele perguntaria a Aidan por que McDougal precisava de um exército particular, mas, no momento, estava agradecido pelo auxílio.

— Ok, estamos saindo.

Aidan os direcionou para fora da rodovia rumo a um hotel que provavelmente nunca vira dias melhor e, certamente, não teria um agora. O prédio de dois andares parecia já ter sido pintado de pêssego e marrom, mas, iluminado pelo brilho amarelo dos faróis dos carros no estacionamento, era difícil ter certeza. A pintura estava craquelada e descascando, e as cores haviam desbotado com o sol da Califórnia.

Connor estacionou na rua, a uma pequena distância do estabelecimento e disse:

— Vamos entrar.

— Tomem cuidado — advertiu Aidan. — Sei que você nunca trabalhou com humanos, então me escute: não tente fazer tudo sozinho. McDougal é um perdulário experiente. Só contrata os melhores. Confie que a equipe vai fazer o trabalho. Aposto que vai ter que pagar caro pela ajuda deles, então use isso. Preciso de você vivo.

— Entendi.

Enquanto a ordem era dada bruscamente, Connor percebeu a preocupação de amigo nas entrelinhas e buscou conforto nisso. Estava em um mundo desconhecido, mas não se sentia mais tão sozinho quanto antes.

Encerrando a ligação, ele saiu do carro e olhou por cima do teto para Stacey enquanto ela fazia o mesmo. Os ombros dele passavam totalmente do teto. Ela tinha o desafio da altura, por isso ficou na ponta dos pés para enxergá-lo de forma mais confortável.

— É assim que lidaremos com isso — começou ele. — Vamos só dar uma olhada ao redor. Verificar o carro e a recepção. Descobrir se estão aqui ou se trocaram de transporte e deram o fora.

Stacey assentiu, séria.

— Não tente bancar o herói — disse ela.

— Estou bem, docinho, acredite em mim. Mas com os tantos oponentes e um refém, não posso lutar contra todos e ainda ficar de olho em você. Se estiverem aqui, você precisa ficar longe do perigo para que eu possa me concentrar em recuperar Justin, não em salvar sua vida.

Ele percebeu como ela estava nervosa com aquilo. Pensar que seu filho podia estar perto e que ela teria que se conter. Mesmo assim, disse:

— Eu entendo.

— Você confia em mim? — Ele não se deu o trabalho de esconder as emoções por trás da sua pergunta. No momento, a pequena distância era o que lhe dava mais força e o que trazia mais responsabilidade.

Os lábios de Stacey se comprimiram até ficarem brancos. Em seguida seus olhos lacrimejaram.

Connor bateu tão forte com a mão no teto do carro que a assustou, fazendo-a arfar e se sobressaltar.

— Que droga! Pare de pensar nos caras imbecis do seu passado e pense em *mim*! Você confia em *mim*?

— Acabamos de nos conhecer, porra! — gritou ela em resposta. — Não aja como se nos conhecêssemos desde sempre.

— Eu me importo com você, Stacey. Não faz diferença se nos conhecemos há muito tempo ou não. Vem daqui — ele bateu no peito —, e é importante para mim. Acho que se você parar de se convencer de que todos os homens são iguais, vai perceber que o tempo não importa.

— Fácil falar, senhor minha-vida-é-eterna.

— É, mas a sua vida não é e você está desperdiçando ela. — Connor ergueu a mão para impedi-la de continuar falando. — Já vivi séculos, Stacey. Conheci muitas mulheres. Passei anos com algumas. Fiz coisas com elas que ainda não tive tempo de fazer com você, mas já sei que o que temos é diferente.

Balançando a cabeça, ele recuou e abriu a porta de trás do lado do motorista.

— Deixe para lá. Não sei por que perguntei.

— Eu não disse que não confio em você.

Ela contornou o carro por trás.

— Também não disse que confia.

Ele fez sinal para Stacey se aproximar, segurando um coldre de ombro para ela.

— Você vai usar isso para guardar a arma. Se for preciso, se defenda. — Ele apertou as tiras até o coldre ficar confortável e seguro, então virou-a para que ela o encarasse. — Mas primeiro quero que corra. Atire só se não tiver opção. Entendeu?

— Entendi.

Connor se afastou, mas ela segurou o braço dele.

— Não acho que você é como os outros homens que conheci. — Seu polegar acariciou repetidas vezes a pele dele, um carinho totalmente inocente e impensado.

— Pode ter certeza de que não sou, porra — resmungou ele, dando-lhe um beijo firme e rápido, antes que ela pudesse se afastar. — Eu sou o cara que não vai deixar você em paz. O cara que não vai desgrudar de você quando estiver na cidade. Que vai te seduzir sempre que tiver a chance, mesmo quando você disser não... Merda, principalmente quando você disser não.

Stacey olhou para ele com olhos arregalados e um leve estremecimento no lábio inferior.

— Não posso prometer que vou usar terno e voltar para casa toda noite para jantar. — Ele a afastou e pegou a bainha no banco de trás, posicionando-a às costas. — Mas posso prometer que vou cuidar de você. E sou teimoso, então é bom se acostumar comigo.

Pegou um casaco e colocou nela.

— Isso vai ajudar a esconder as armas. — Depois olhou para si mesmo e resmungou. — Muito bem, estamos parecendo vândalos. Que merda.

— É agora que eu sou útil. — Stacey enfiou a mão no bolso e tirou dois elásticos coloridos e brilhantes. Minutos depois estava com duas trancinhas infantis, uma de cada lado da cabeça, e passou um batom vermelho vibrante. Usou o reflexo na janela do carro para prender um cordão de couro, e se virou para ele. — Tcharam!

Connor ergueu as sobrancelhas.

— Caramba!

Ela deu de ombros.

— Achei que ia precisar ser criativa para parecer convincente com essa calça, então vim preparada para ficar com uma aparência esquisita o bastante. Mas não posso fazer nada sobre sua espada ou o pelotão de valentões. — Stacey indicou o pequeno exército que se aprontava a apenas alguns metros dali. — Vamos ter que fingir que estamos vestidos para uma festa à fantasia, se alguém perguntar.

— Certo... Bem... Gostei do colar.

Stacey estremeceu com a apreciação intensa que reparou no olhar de Connor. Mesmo irritado, frustrado e sob muito estresse, ele ainda tentava elogiá-la. Qualquer que fosse a situação entre os dois, o amava por isso e por se importar tanto com ela a ponto de passar por tudo aquilo. Lógico que seu "povo" se interessava por aqueles acontecimentos. Mas ele estava lutando por Justin mais do que pela trindade. Ela sabia disso.

— Estamos prontos? — perguntou Stacey, as palavras roucas de gratidão.

— Como sempre estaremos. — Ele fechou a porta do carro e a segurou pelo cotovelo. Connor olhou para os homens que esperavam ali perto e ordenou: — Quatro de vocês, chequem o perímetro. O resto venha comigo.

Ele a conduzia, e deu para notar que havia força e autoridade em seu toque, e Stacey apreciou as duas coisas quando atravessaram a rua e entraram no estacionamento do hotel. O asfalto estava rachado e desgastado, os carros nas vagas pareciam com mais anos de uso que o normal. Várias luzes dos faróis estavam apagadas ou piscando com um barulho alto e irritante, que incomodava os nervos à flor da pele de Stacey. Havia lixo espalhado pelo chão e, não muito longe, um cachorro uivava, melancólico, um acompanhamento adequado àquela paisagem sórdida.

Contavam com a companhia de doze homens. Dos oito que estavam por perto, quatro se espalharam em meio aos carros estacionados quando Connor ordenou com um gesto.

— Sabe — começou Stacey —, simplesmente não consigo imaginar Rachel parando para passar a noite em um lugar como este. Ainda mais considerando que há vários outros hotéis na cidade e Mojave está muito perto daqui.

Pelo canto do olho, ela viu que ele assentiu.

— Concordo. É provável que tenham se livrado do carro, mas até isso é estranho. O veículo destoa totalmente. Olhe só. Não dá para não reparar.

A luz da lua filtrada pela noite nublada fazia a tinta preta brilhar, o que facilitou a busca pelo sedan, apesar de estar localizado em um canto não iluminado do estacionamento. Eles se aproximaram do carro devagar, com cautela. Connor tomou a frente e ela se manteve alguns passos atrás com os outros, seguindo-o.

Ele parou a alguns metros de distância e indicou o poste mais próximo.

— Esperem ali e fiquem vigiando.

— Vigiando quem? — perguntou Stacey.

— Qualquer um que se aproxime. — Connor olhou com firmeza e ferocidade para um dos homens que estava depois dela, e se comunicou com ele sem dizer nada. — Preciso olhar aquele carro mais de perto e não quero ser incomodado. Confira o que há à sua volta o tempo inteiro e preste atenção a qualquer barulho suspeito.

Ela tinha certeza de que ele só estava tentando tirá-la do seu pé, mas prometera obedecer e era isso que iria fazer.

Sem falar nada, Stacey fez o que ele pediu, seguindo o cara designado a cuidar dela até a posição indicada. Seu olhar perscrutava todo o estacionamento num movimento constante. Ela ficou debaixo de um poste apagado, o que lhe permitiu uma ampla visão da propriedade. Mas ali também tinha um cheiro horrível. Seu palpite era que alguns animais, e talvez até humanos, tivessem usado aquele local distante como mictório.

Seu estômago se revirou com uma mistura de nojo e medo. Connor e os outros homens trabalhavam praticamente em silêncio, fazendo seja lá o que fosse com o carro. O cara ao seu lado não disse nada e seus olhos e seu rosto permaneceram inexpressivos.

Fazia frio, mas Stacey suspeitava de que estava tremendo tanto por causa do medo que sentia. A placa de "há vagas" em neon piscava, atraindo seu olhar para a porta de vidro da recepção, que era tão suja quanto o resto do lugar. Tão imunda e encardida que, obviamente, fazia anos que não era lavada.

Connor se reaproximou dela com tanta discrição que Stacey não teria reparado se não estivesse tão atenta ao seu redor. Ela ergueu as sobrancelhas, sem entender.

— Vamos para o escritório — afirmou ele com uma ansiedade alarmante, arrastando-a pelo cotovelo.

— Por quê?

— Porque sim.

Havia alguma coisa por trás do seu tom de voz que a fez olhar para trás por cima do ombro. Dois homens permaneceram junto ao veículo em posição de defesa. Ela não conseguia ver o que fizeram com o sedan, caso tivessem feito algo.

Então um brilho da luz da lua chamou sua atenção. Ela passou a andar mais devagar.

Alguma coisa pingava do porta-malas e caía no asfalto, formando uma poça cada vez maior. Pela quantidade de líquido, era uma substância mas espessa que água...

— Ah, meu Deus! — Ela tropeçou, mas Connor a manteve de pé, sem alterar o ritmo dos passos. — O que tem no porta-malas?

— Nosso amigo dos dentes.

Seu coração quase saiu pela boca e ela engoliu em seco.

— Você achou que Justin também pudesse estar lá, não foi? Por isso me mandou ficar longe.

— Era uma possibilidade.

Ele estava com o maxilar cerrado, os olhos fixos no horizonte, dando passos determinados.

— Você acha que ele está morto, não acha? — Ela ergueu o tom de voz e se esforçou para se soltar dele. — O que viu lá? Me conte!

Connor parou e a sacudiu.

— Fale baixo, caramba!

Erguendo rapidamente o queixo, indicou para os outros homens seguirem em frente. Quando os dois ficaram sozinhos, ele disse:

— Não tem nada lá, a não ser um corpo e uma cabeça, mas que não pertencem ao seu filho.

— Ai, meu Deus... Ai, meu Deus...

— Está na hora de usar a confiança que pedi para você ter.

Assentindo com força, ela se afastou para tentar se livrar da sensação de claustrofobia.

— Stacey. — Seu sotaque ficou mais discreto. — Vamos para o escritório agora. Precisamos desligar todas as câmeras de segurança que podem ter nesse lugar horroroso e conferir quais quartos estão ocupados. Depois, vamos bater de porta em porta até ter certeza de que eles não estão aqui.

Stacey curvou o corpo, com ânsia de vômito. Por mais frio que ela estivesse sentindo um minuto atrás, estava suando agora.

— Não acha que eles foram embora?

— Provavelmente, mas precisamos checar. Vamos. — Ele a puxou e continuaram andando. — Você quis vir, então tem que se controlar.

Como conseguiria se controlar se estava com vontade de vomitar? As pessoas que estavam com seu filho eram do tipo que decapitava os outros e largava no porta-malas.

— Estou enjoada.

Ele xingou baixinho e parou de novo.

— Não faça isso comigo — disse ele bruscamente. — Eu preciso continuar. Você entende isso? Prometi a você que ia recuperar Justin. Prometi que, se me desse a chance, eu iria devolvê-lo a você. Não me faça falhar.

Respirando com dificuldade, ela assentiu, afastando os pensamentos aterrorizantes que surgiam de repente. Ele tinha razão. Ela sabia disso. Ia foder com tudo se perdesse a cabeça.

— Estou com você.

Connor endireitou o corpo de Stacey e ergueu o queixo dela, abrindo suas vias aéreas para que ela conseguisse respirar fundo.

— Você é corajosa, docinho. — Ele beijou a ponta do nariz dela. — Estou orgulhoso de você. Agora vamos.

Um passo depois do outro. Stacey sabia que conseguiria aos poucos. Pelo menos era o que ela achava até chegarem à porta do escritório e um homem detê-los.

— É melhor deixar a senhora do lado de fora, senhor — disse ele.

Nesse instante Stacey percebeu que a sujeira no vidro era sangue. E aquela era apenas uma quantidade minúscula do sangue coagulado que cobria a parte da recepção que ela conseguia ver.

Sentiu mais ânsia de vômito.

— Você não pode vomitar — resmungou Connor, tapando a boca de Stacey com a mão e tirando-a dali. Sua voz saiu baixa e rouca no ouvido dela: — As autoridades vão investigar isso. Não pode deixar nenhuma pista biológica para trás. Entendeu? Acene se tiver entendido.

Stacey não conseguia se mexer. Estava paralisada com o horror que vira.

— Ok. — Ele a pegou no colo e a levou até o meio-fio. — Vamos levar você de volta para o carro. Trancaremos você lá dentro. Fique com a arma preparada...

Com muito esforço, ela foi capaz de convencê-lo a colocá-la no chão.

— Consigo fazer isso — prometeu ela. — Posso ajudar você.

— Você vai arruinar tudo — disse ele. — Vai ser presa e acusada de assassinato.

— Vou vigiar você. — Stacey o observou balançar a cabeça. Colocando a mão no peito dele, disse: — Nunca vou me perdoar se não ajudar.

— Pode me ajudar ligando para Aidan e pedindo para ele vir o mais rápido que puder. — Connor segurou o rosto dela e a fitou nos olhos. A emoção nas profundezas fluidas era visível mesmo na escuridão. — Você é uma luz preciosa e alegre na minha vida. E quero que continue assim. Então pelo menos me deixe protegê-la de tudo isso.

Ela considerou o pedido dele por um instante, mas não conseguia se livrar da sensação de que o estava decepcionando. Depois olhou por cima do ombro dele para a recepção e seu estômago se revirou de forma violenta.

— É, você tem razão — admitiu ela. — Não consigo lidar. Me leve de volta para o carro. Vou fazer a ligação.

Connor colocou a mão nas pequenas costas dela e a conduziu para o Magnum dando passos tão largos que ela precisou correr para acompanhar.

— Desculpe — disse Stacey quando ele destravou a porta com o botão da chave e a ajudou a entrar no banco do carona.

— Pelo quê? Por fazer a coisa certa? Por conhecer seus limites? — Ele se inclinou e a fitou nos olhos. — Eu admiro você, docinho. Não estou desapontado.

Empertigando-se, ele disse:

— Já volto. Deixe a arma preparada no colo. E ligue para Aidan.

Ele fechou a porta e ativou o alarme. Então se afastou.

Stacey ignorou o sistema automático e usou o telefone mesmo. Aidan atendeu imediatamente.

— O que conseguiu?

— Ei, sou eu.

A voz de Aidan suavizou.

— Ei, Stacey. O que está havendo?

— Encontramos o carro. O motorista está morto. Decapitado no porta-malas. Também tem alguém morto no escritório. Ou várias pessoas. Não consegui entrar. Tem sangue demais. De-demais. No lugar todo…

— Calma, está tudo bem. Vamos cuidar disso. Como você está se sentindo? Está bem?

— Sim. — Ela soltou a respiração e olhou para o saguão de entrada — Onde está Connor?

— Ele foi verificar quais quartos estão ocupados.

O escritório ficava na esquina formada pelo cruzamento da entrada do estacionamento com a estrada. Duas paredes do saguão eram de vidro, de forma que dava para ver a rua e também dentro do hotel. Várias estantes com catálogos e uma cafeteira em cima de uma mesa com toalha drapeada bloqueavam a visão da área mais abaixo lá de dentro. Enquanto ela observava, Connor falou com um dos homens, que assentiu em resposta e seguiu na direção de Stacey.

— Onde você está?

— Ele me trancou no carro.

— Ótimo. Aguente firme. Tem mais gente a caminho. Logo mais vão chegar aí.

— Co-Connor... — Sua voz falhou.

— Não se preocupe com ele — disse Aidan com firmeza. — Lutei ao lado dele por bastante tempo, Stacey. É o melhor soldado que conheço. Se fosse meu filho, eu escolheria ele para me ajudar. O cara é mesmo muito bom.

Ela assentiu bruscamente.

— Stacey? Você está bem?

— Sim. Desculpe. Esqueci que você não tem como me ver. — Ela deixou escapar uma risadinha boba. — Não acredito que esta tarde eu estava assando uma torta. — *E fazendo amor com um homem que deixa meus joelhos trêmulos.*

— Aguente aí. Assim que conferirmos que o hotel está seguro, você pode voltar de helicóptero para cá.

Negando com a cabeça, ela disse:

— Não. Tenho que estar presente quando encontrarem Justin.

Deu para ouvir Aidan suspirar.

— Continue obedecendo Connor, então.

— É claro.

Encerraram a ligação. Stacey ficou ali imersa no silêncio pesado e com um guarda à porta. Ela percebeu que seu coração estava loucamente acelerado e com uma respiração superficial, e essas duas reações a deixavam tonta.

— Meu Deus — murmurou ela, obrigando-se a respirar fundo e mais tranquilamente. — Recomponha-se, Stacey.

Um flash de luz chamou sua atenção.

Já nervosa, virou a cabeça para a esquerda onde o fim da rodovia dava para um terreno cheio de árvores.

Rachel estava lá com um sorriso assustador e seu rosto, antes bonito, era um pesadelo de arranhões e cortes que teriam matado um ser humano. Estava faltando um pedaço do seu couro cabeludo, e havia cortes tão profundos na sua pele que dava para ver os ossos.

Mas não foi isso que fez Stacey gritar.

Todo o seu horror consistia no fato de que seu filho estava caído e inconsciente em um dos braços de Rachel. A outra mão da mulher estava ocupada com uma espada de aparência perversa.

O guarda, alertado por seus gritos estridentes, viu o par macabro. Berrando algo no fone de ouvido, avançou na direção deles. Stacey se debateu contra a porta, procurando freneticamente pela trava, xingando de frustração até aquela merda abrir e a libertar. Cambaleando para fora, ela se sobressaltou quando Connor passou apressado por ali. Ela tentou segui-lo, chegando ao para-choque, mas parou ao sentir outra vez uma ânsia de vômito.

A cabeça decapitada do guarda rolou até seus pés, seus olhos inexpressivos e a boca aberta paralisados para sempre pelo terror.

Erguendo os olhos, viu pelo menos meia dúzia de sorridentes criaturas macabras atacarem Connor como um enxame. A lâmina da sua espada cintilava e reluzia com uma velocidade extraordinária, seus punhos se balançavam para a direita e a esquerda. Ele descrevia círculos firmes com a lâmina, girando e arqueando em uma dança mortal. Mais guardas camuflados subiram a rua, formando uma cena que parecia ter saído diretamente de um filme de terror.

Stacey observou estupefata aquela apresentação pavorosa, admirando a graciosidade e o vigor com que Connor se movimentava. Ele era tão grande, mas, mesmo assim, sua agilidade e velocidade impressionavam. Ela ficou mais confiante ao vê-lo envolvido com tanta habilidade e foco. Se não fosse por ele, ela tinha certeza de que ficaria paralisada de medo. Com ele, porém, sentia-se capaz de qualquer coisa.

Correndo, Stacey enfiou a mão direita dentro do casaco e sacou a pistola. Pegou-a e se acostumou com o peso. Ela nunca tinha atirado, porém sentia-se mais do que pronta para atirar em alguma coisa.

Tropeçando na raiz de uma árvore, Stacey caiu de joelhos com um impacto forte e doloroso. Ela se esforçou para se levantar e se forçou a continuar, mas o breve atraso foi vantajoso. Movendo-se de forma mais vagarosa, ela teve tempo de notar que havia um sapato ao lado da árvore à sua direita.

O sapato de Justin.

Stacey correu até lá, pegou o sapato e olhou em volta. Encontrou o outro pé do par.

Aquele ainda estava no pé do seu filho.

— Justin! — Ela foi até ele, passando a mão livre por seu corpo em busca de ferimentos. De sinal de vida. Ele estava muito pálido, com os olhos vermelhos, a lateral do rosto coberta de respingos de sangue. Ela soltou a arma e sacudiu os ombros dele. — Justin! Filho, acorde. Acorde, filho, por favor! Justin! — Esmurrou o peito dele e deu um tapa em seu rosto. — Filho. Filho, não faça isso comigo. Acorde! *Justin!*

Ele tossiu e Stacey gritou de alívio, com a visão embaçada pelas lágrimas e um aperto no peito. Ele se virou de lado e gemeu. Ela estava tão focada no menino que só notou o perigo se aproximando quando já era tarde demais. Uma dor forte e aguda atingiu seu braço, depois um frio congelante se espalhou pelo músculo. Ela gritou e se debateu, descontrolada.

Um rugido masculino e feroz preencheu o ar. Houve um breve vislumbre do cabelo loiro de Rachel, em seguida ela se levantou e se afastou, como se não sentisse remorso algum. A mulher cruel se afastou com uma gargalhada, e Stacey pôde ver a seringa gigante que pendia do seu bíceps, onde sentia pinicar.

— Vou voltar para pegar o que tem dentro de você — sibilou a mulher, saltando com uma força sobrenatural para desviar do ataque de Connor com a espada.

— Sua vadia! — gritou Stacey, pegando a arma e caindo de costas.

Connor agarrou Rachel e rolou no chão com ela. Stacey se esforçava para mirar a arma, mas o frio insuportável que subia por seu braço invadia seu cérebro, então ela sabia que estava prestes a desmaiar.

Assim que sua visão começou a escurecer, Rachel recuou, lhe proporcionando um alvo perfeito. Mirando entre suas pernas abertas, Stacey atirou diversas vezes, esvaziando o pente no corpo brutal de Rachel. O impacto atingiu a mulher, que caiu no chão.

Rindo.

Stacey desmaiou e aquela risada a acompanhou mesmo no estado inconsciente.

Capítulo 15

— Como você está, campeão? — perguntou Connor ao se acomodar ao lado de Justin no sofá de Stacey e lhe entregar uma caneca enorme com chocolate quente.

— Estou congelando.

Olheiras escuras sombreavam os olhos dilatados do garoto e sua pele estava com uma cor pálida doentia: sinais de choque. Um cacho de cabelo castanho caiu em sua testa, fazendo-o parecer desnorteado e muito mais jovem que seus 14 anos.

— Vou pegar mais um cobertor.

A porta da frente estava aberta, o que só piorava o frio, mas os homens de McDougal ainda estavam indo embora e Justin não queria ir para o seu quarto. Preferia a movimentação de várias pessoas e o zumbido da televisão que ignorava, porque se sentia seguro rodeado de muita gente.

— Obrigado, Connor.

A gratidão estampada no rosto de Justin mexeu com Connor. Os Anciãos iam pagar pelo que tinha acontecido. E caro.

— De nada.

Levantando-se, Connor seguiu pelo corredor e foi até o quarto de Justin. O menino tinha recebido uma dose de propranolol no helicóptero e continuaria tomando o remédio quatro vezes por dia pelos próximos dez dias. O "comprimido do esquecimento" ainda estava em fase experimental, mas tentativas clínicas tiveram resultados otimistas, e Connor torcia para que o remédio fizesse efeito em Justin.

Ele continuaria se lembrando do que tinha acontecido, mas as emoções por trás da lembrança não permaneceriam. As recordações estariam separadas dos seus sentimentos, transformando-o mais em um observador imparcial do que numa vítima emocionalmente abalada. Os Cuidadores no Crepúsculo ajudariam com o resto das coisas.

Connor estava abrindo a porta quando Aidan saiu do quarto de Stacey.

— Como ela está? — perguntou ele, com um nó no estômago.

— Estável, apesar de inconsciente. — Aidan se aproximou. — Tem alguma coisa no cérebro dela, Bruce. É pequena, do tamanho de um grão de arroz, mas é um corpo estranho. Não tem como saber como o corpo dela vai reagir com o tempo.

Esticando a mão, Connor se apoiou na parede e respirou fundo com dificuldade.

— Porra... cara. — Ele olhou para seu amigo desamparado. — Sabemos o que é?

— Ela está falando dormindo — Aidan estremeceu — na língua dos Anciãos.

— O *quê?* — Passando a mão pelo cabelo, Connor gemeu. — Como vamos tirar isso da cabeça dela?

— Em termos médicos, não temos como. Não neste plano, não sem matá-la. Os humanos não têm a tecnologia necessária.

A porta do quarto se abriu e um homem apareceu.

— Ela acordou.

Connor se empertigou.

— Posso contar ao filho dela? Ele pode vê-la?

— Ela está lúcida — disse o homem.

— Fale para ela que estarei lá em um minuto, ok? — Connor olhou para Aidan. — Tenho que chamar Justin.

Aidan concordou com a cabeça e Connor foi até a sala.

— Ei — disse ele, aproximando-se do sofá. — Sua mãe acordou.

— Posso vê-la?

Justin se empertigou, saindo da posição reclinada que estava, e colocou a caneca ainda pela metade na mesa de centro.

— Pode, venha.

Connor o ajudou a sair de baixo dos três ou quatro cobertores que estavam em cima dele e o acompanhou até o quarto de Stacey.

Eles entraram no quarto escuro o mais silenciosamente possível. Ao lado da cama, vários monitores bipavam e piscavam luzes. Stacey estava deitada ali no meio, uma figura frágil e pequena que fez Connor sentir um aperto no peito.

— Ei, filho — sussurrou ela para Justin, esticando os braços para ele.

Justin subiu imediatamente na cama ao lado da mãe e começou a chorar. Stacey fez o mesmo, abraçando-o e encostando seu rosto choroso no topo da cabeça dele.

Aquela cena deixou Connor com os olhos cheios d'água. Ele desviou os olhos e se deparou com Aidan na porta. O amigo fez um gesto para chamá-lo e Connor foi ao seu encontro, contente por ser distraído da emoção da cena atrás dele. Aquela emoção o estava matando por dentro, contorcendo suas entranhas como uma faca.

—Tive uma conversa rápida com ela — sussurrou Aidan. — Falou que Rachel pretende voltar por causa daquela coisa que está na cabeça dela. O que quer que seja, eles acham que está mais seguro com a gente do que com eles.

O corpo inteiro de Connor ficou tenso.

— Ou acham que destruiríamos isso se não estivesse dentro de alguém que não suportamos perder. Me diga que os homens de McDougal encontraram Rachel.

— Não encontraram. — Aidan estava sério. — Eles estão verificando a área desde que vocês foram embora. Não há rastro dela. Apesar de machucada, ela conseguiu fugir.

— Caralho!

— Olhe a boca — advertiu Stacey.

Ele se virou e olhou para ela, que o encarou com olhos brilhantes e franziu os lábios, mandando um beijo para ele. Ele deixou escapar um gemido baixo de desejo.

— Não sei o que fazer — confessou Connor, encarando o amigo novamente. — Não sei para onde ir, o que devo fazer ou como devo me sentir.

— Faça o que eu fiz — disse Aidan. — Pare de pensar e aja.

Connor bufou.

— Nada é tão simples assim quando se trata de mulher.

— Não falei que era fácil. Mas, se quer ficar com ela, faça dar certo. Vale a pena para ser feliz.

Felicidade. Connor queria isso. Queria ser feliz com Stacey.

— Está bem. — Então decidiu de uma vez. — Antes de os homens de McDougal irem embora, vamos pegar um sistema de segurança com eles. Devem ter alguma merda de última geração. Quero essa casa tão segura que Fort Knox vai ter inveja. Vou ficar muito tempo fora. Preciso saber que estão em segurança.

— Ótima ideia. — Aidan sorriu, abriu a porta e indicou para ele sair primeiro. — Vamos fazer meu dinheiro valer a pena.

Stacey acordou com uma dor de cabeça forte e esmagadora.

Com as palmas das mãos nas têmporas, ela se virou e se contorceu, gemendo. Esbarrou em Justin, que resmungou em protesto. Sussurrando um pedido de desculpa, ela se virou para o outro lado e caiu da cama. Aterrissou no chão de joelhos e grunhiu, mordendo o lábio inferior para abafar os barulhos que fazia. Deu uma rápida olhada no relógio e descobriu que eram quase três da manhã. Pelo jeito que sua cabeça doía, ela duvidava que viveria para ver o sol nascer.

Engatinhou alguns metros, então se levantou por necessidade. Era muito difícil se mover com as mãos e os joelhos no chão. Não fazia ideia de como conseguira atravessar o corredor, mas estava mais frio no espaço aberto da sala e o vento amenizou a queimação de sua pele.

— Stacey?

O sotaque carregado de Connor percorreu sua espinha e depois escorreu como mel quente. O alívio a inundou e ela quase caiu no chão de novo.

— Onde você está?

Ela suspirou, com medo de abrir os olhos.

A luz da lua enviesada para o teto, vindo das persianas, era muito clara, por mais que ela estivesse de olhos fechados. A força da luz só aumentaria a sensação de ter uma agulha gelada enfiada no cérebro.

— Aqui — murmurou ele —, estou bem aqui.

Braços quentes a envolveram, embalando-a em seu peito nu e musculoso com pouco pelo.

— Estou tão feliz que você ficou.

— Não vou deixar você, docinho. Mesmo quando eu não estiver aqui, não terei ido realmente embora.

— Minha cabeça está doendo — choramingou ela, e lágrimas escorreram por seu rosto.

— O médico deixou um remédio para você. Vou...

— Não! — Ela agarrou o cós da calça de Connor, reconhecendo pelo toque que ele estava usando moletom. O fato de que ele estava ali, dormindo em seu sofá, protegendo-a, a fez se sentir amada e segura de um jeito que nada na vida fizera. — Não me solte.

— Docinho. — Ele pressionou os lábios na testa dela e um pouco da dor passou. — Parte meu coração ver você chorando.

— Faça isso de novo — implorou ela. — Me beije outra vez.

Sua boca tocou a pele dela, desta vez roçando em seus olhos fechados e cílios, limpando as lágrimas. Isso diminuiu a pulsação na cabeça dela.

Jogando o pescoço para trás, Stacey encostou seus lábios nos dele. No instante em que sentiu o gosto dele, sua temperatura corporal aumentou e seu coração acelerou. Milagrosamente, a pressão debilitante diminuiu.

— Stacey — murmurou ele encostado na boca de Stacey, o que a deixou mais excitada. — O que está fazendo?

— Quero você.

Ela sentiu que Connor ficou surpreso, depois foi tomado por um desejo que não conseguia controlar.

— Você está maluca — falou, mas suas mãos já estavam no quadril dela, escorregando os dedos por baixo da camiseta de algodão para tocar as costas dela. Seu toque era suave e acalmava.

Quanto mais ele a tocava, menos sua cabeça doía.

— Faça amor comigo — implorou ela.

— E Justin...?

— A lavanderia tem uma porta.

— Você não deveria...

— Agora, Connor!

— Ah, cacete.

Ele a pegou no colo e a carregou para os fundos da casa. Entrando na lavanderia, chutou para o lado a cesta que mantinha a porta aberta e a fechou. Ele a colocou sentada em cima da mesa antiga que Stacey usava para dobrar roupa e a encarou com um sorriso de admiração e um olhar sensual.

— E agora?

No fundo da mente dela, havia um som agudo que lembrava pneus queimando.

— Não pare de me tocar.

Colocando as mãos em cada lado do quadril dela, Connor a prendeu na mesa e roçou os lábios pelo pescoço dela.

— Diga do que você precisa, docinho.

Ela o alcançou e o abraçou. Sob as palmas das mãos, Stacey sentiu a pele quente e macia que cobria o músculo flexionado e definido dele, e se derreteu por dentro. Gemeu quando os dentes dele mordiscaram o lóbulo da sua orelha.

— Preciso de você.

— Já sou seu. — Ele pressionou as costas de Stacey na mesa e sua mão escorregou por entre as pernas dela. Mesmo por cima do tecido grosso da calça, seus dedos não encontraram dificuldade em proporcionar o que ela queria. — Não vou a lugar algum. Vamos fazer isso dar certo.

— Isso... Ah, é tão bom...

— Hummm — concordou ele, abrindo com habilidade o botão do cós da calça dela e puxando o zíper para baixo.

O tempo todo seus lábios, língua e dentes estavam fazendo alguma coisa maravilhosa à pele delicada do pescoço de Stacey, enquanto sua outra mão protegia a parte de trás da cabeça dela, de forma que seu corpo grande e duro ficasse literalmente envolvido pelo dela. Os barulhos no cérebro de Stacey silenciaram. Ou foram abafados pelo sangue que pulsava em seu ouvido.

— Connor.

Suas narinas foram preenchidas pelo cheiro dele. Não havia nenhum outro cheiro no mundo como aquele: apimentado e exótico. Estrangeiro. Ela adorava. Era mesmo o homem dos seus sonhos.

Ele tinha razão: o tempo não importava. O que importava era como ela se sentia quando os dois estavam juntos. Ele tinha sido firme como uma rocha quando ela precisou, e sabia que sempre seria assim. Era o jeito dele.

Ela arfou quando a mão de Connor escorregou para debaixo do cós da sua calcinha.

— Como está sua cabeça? — A voz dele estava obscura como o pecado, seu forte sotaque cheio de desejo.

— E-eu...

— Sua cabeça ainda está doendo?

Connor a beijou com uma paixão ardente, sua língua deslizando pela dela com maestria, desviando sua atenção de todo o resto que não ele. Um gemido rouco e provocativo de tesão ressoou no peito de Connor enquanto ele sentia nas pontas dos dedos que ela estava ficando molhada.

— Ah, nossa — gemeu Stacey, fechando os olhos quando ele enfiou um dedo dentro dela. — Me foda, por favor! Ande logo.

Ele usou a boca para calar os gemidos frenéticos dela e a deitou delicadamente na mesa. Ele baixou a calça de Stacey até os joelhos, ergueu as pernas dela unidas no ar e as colocou por cima do seu ombro. Quando sentiu o pênis dele, Stacey se contorceu de ansiedade, necessitando que ele a penetrasse.

— Calma... Aqui vai, docinho — murmurou ele.

As mãos dela se agarraram à beirada da mesa quando o pau grosso de Connor a penetrou. Stacey gritou, arqueando o corpo de prazer. Estava apertada naquela posição, obrigando-o a continuar dando investidas curtas e fortes.

Gemendo de prazer, ela se esforçou para abranger ele todo.

— Você é muito grande nessa posição. — Ela arfou.

— Você me aguenta.

Ele remexeu o quadril e deslizou mais para o fundo. Avançando. Recuando. Possuindo centímetro por centímetro do corpo dela. As unhas dela cravaram na madeira com mais força e ele meteu mais fundo, massageando a cabeça do pau naquele ponto insaciável dentro dela que nunca se cansava dele.

— Stacey. — Ele respirou com dificuldade, impulsionando o quadril. — Sua boceta está muito apertada, molhada e quente. Boa para caralho. Acho que vou gozar antes de entrar totalmente em você.

— Não se atreva! — Ela envolveu seus seios doloridos e os apertou. — Você começou isso. É bom terminar.

— Ah, eu vou terminar. — Seu rosto exuberante estava ruborizado, seus olhos, sombrios, e a testa molhada de suor. — Porra... Isso... Vou terminar. Bem no fundo de você.

Meu Deus, será que ela ia sobreviver?

Ele a estava levando a um frenesi, fodendo-a com investidas exaltadas e mais fortes e rápidas. O cós da calça dele, arregaçada só até o quadril, roçava nas coxas dela. Aquela visão era intensamente erótica, assim como a postura dela, curvada e posicionada para o prazer dele. Ele rebolava o quadril e continuava com as investidas, para dentro e para fora. A boceta dela, à beira do orgasmo, cobria todo o pau dele.

Stacey arqueou as costas, e seu corpo inteiro ficou tenso e ansioso. Era disso que ela precisava, o que queria: estar conectada a ele, ser desejada por ele.

— Isso...

Connor enfiou mais fundo, seus testículos pesados batiam ritmicamente na bunda dela, fazendo sua boceta se apertar ainda mais em volta dele. Ela o observou com as pálpebras pesadas, reparando em seus traços ruborizados de paixão e na mecha de cabelo loiro que caíra em sua sobrancelha. O bíceps e o peitoral dele eram definidos, portanto ele a segurava sem esforço. Seu abdômen tensionava conforme ele a fodia, sua pele dourada brilhando de suor.

— Você é minha — disse ele entre os dentes. — Você vai ficar comigo.

Estar com um homem possessivo a deixava excitada, e isso a impulsionou pelo pouco que faltava para que ela chegasse ao clímax. Stacey mordeu o lábio inferior para não gritar quando o orgasmo contorceu seu corpo inteiro.

Connor gemeu e continuou fodendo, apesar dos espasmos de Stacey, aumentando o ritmo até ela achar que fosse mesmo gritar de prazer. Foi o fato de só ter a porta ao lado separando-os e a necessidade de que tivessem privacidade que a forçou a ficar quieta.

Ela o sentiu aumentar de tamanho, ficando inacreditavelmente mais duro, e então gemer:

— *Stacey...*

Ele martelava o quadril no dela, balançando a mesa antiga, cravando os dedos nas coxas de Stacey. Seu pau estremeceu, gozando em seguida, preenchendo-a com uma onda densa de calor. Ele continuou se apossando dela, estocando sua boceta apertada, esvaziando sua luxúria e amor no local mais fundo do corpo dela.

— Caralho. — Ele arfou ao terminar, apoiando a bochecha na panturrilha de Stacey. — Assim você vai me matar.

— Minha cabeça não está mais doendo — disse ela sem fôlego.

— Eu sequer consigo sentir a minha — retrucou Connor. — Acho que você me fez perder a cabeça.

Ela riu com um triunfo puramente feminino.

Ao dar um passo para trás, Connor saiu de dentro dela, se secou com uma toalha que estava ali perto e colocou a calça de volta, depois a limpou e a vestiu.

— Venha aqui, querida — disse Connor com suavidade quando a pegou nos braços.

Stacey se segurou firme.

— Acho que estou me apaixonando por você — admitiu ela, tímida. — Espero que isso não te assuste. Costumo me jogar nas coisas, e com você...

Os lábios dele pressionaram os dela, interrompendo sua frase.

— Vá em frente e se jogue — pediu ele, com a voz rouca. — E eu me jogo junto.

Capítulo 16

Com os olhos arregalados, Philip Wager observou os dados na tela, seu coração batendo em um ritmo desesperado e frenético. Ele agarrou a beirada do painel com tanta força que os nós dos seus dedos ficaram brancos e ele foi obrigado a soltar. Empurrou a cadeira para trás e se levantou.

— Porra — sussurrou, seu cérebro se esforçando para entender a informação que vira à sua frente. — Isso é impossível.

— Óbvio que não — murmurou uma voz atrás dele.

Wager se virou e encarou o visitante, estremecendo por dentro ao ver quem era o homem que estava parado diante dele. Sua espada estava atrás dele, fora de seu alcance, deixando-o completamente vulnerável à ponta da espada direcionada para o seu peito.

— Ancião Sheron — respondeu ele, olhando por cima do ombro da túnica cinza para o corredor da caverna. Procurava uma saída e uma forma de conseguir ajuda. Mas nenhuma das duas coisas era acessível.

— Wager — cumprimentou Sheron com um tom de voz amigável.

— Como entrou aqui?

— Posso entrar onde eu quiser. Não participei da construção do Crepúsculo, mas toda atualização e melhoria que foi feita à matriz nos últimos séculos foi trabalho meu.

As batidas do coração de Philip ficaram irregulares enquanto ele considerava o valor dessa informação.

— Percebo que você aprecia as possibilidades. — A voz de Sheron carregava o orgulho do mentor. — A maioria dos Anciãos escolhe concentrar sua atenção em ditar regras. Acreditam que essa é a fonte da nossa autoridade. Eu, no entanto, sabia que nosso verdadeiro poder vinha da habilidade de criar o Crepúsculo. Por esse motivo eu queria saber tudo sobre isso. Como era considerada a tarefa menos disputada, fiquei livre para fazer o que queria.

— Você inseriu o vírus.

Havia centenas de perguntas na cabeça de Philip, mas para aquela questão ele já sabia a resposta.

— Sim, e eu sempre soube que seria você quem pesquisaria o suficiente para encontrar. Tentei eliminar você, mas os outros não me ouviram. Não entendiam meus motivos, sabe. Achavam que negar sua promoção era punição suficiente por suas ofensas, que eu exagerei, é claro. — O Ancião fez um gesto de desdém. — Como você não tinha acesso ao equipamento adequado que me denunciasse, deixei para lá. Mas eu tinha noção de que, um dia, isso aconteceria.

— O que está fazendo? — perguntou Philip, recuando em direção à sua espada, que estava dentro da bainha em cima da mesa do canto — Você deve estar planejando isso há séculos.

Sheron ergueu a mão e tirou o capuz, revelando um sorriso arrepiante.

— É, estou mesmo. E é por isso que não posso deixar que você arruíne tudo. Toda essa eternidade esperando a hora certa, movendo devagar as peças no tabuleiro, mas sabendo muito bem o que estava fazendo. Consegue imaginar quanta paciência foi necessária? Estou muito perto agora. E você poderia estragar tudo em um segundo.

— Me explique o que está armando — persuadiu Philip, ainda recuando, torcendo para que conseguisse chegar perto o suficiente da espada para alcançá-la e se defender. — Posso ajudar.

— Você supõe que meus motivos são altruístas e que gostaria de me ajudar. Ou talvez esteja só torcendo para me distrair para que eu não perceba que está tentando alcançar sua arma.

Philip ficou imóvel e depois deu de ombros. Sheron riu.

— Se serve de consolo — começou o Ancião —, seu sacrifício vai servir para um bem maior.

— Ah, é? — disse Philip pausadamente. — E eu achei que você só queria evitar que eu contasse para todo mundo que você tem uma filha metade mortal.

— Isso também. Só duas pessoas sabem, e já é gente demais.

— Ela se associou a um Guardião. — Talvez sua mente fosse muito tortuosa, mas, para Philip, as possibilidades daquela parceria eram inúmeras e assustadoras. — Era essa sua intenção o tempo todo?

Sheron segurou a espada com mais firmeza.

— Sinto muito, tenente. Tempo é essencial. Tenho que matar você agora. Não posso ficar de conversinha.

Philip se agachou, já preparado.

O Ancião o atacou com um golpe fatal.

Capítulo 17

Stacey tirou o pé do acelerador ao se aproximar de casa, apreciando à distância a vista de sua família. Connor estava parado à luz do pôr do sol parecendo um deus bronzeado, suas costas nuas brilhavam com o suor causado pelo esforço físico, seus bíceps poderosos se flexionavam enquanto ele colocava mais um parafuso na cerca branca de madeira que estava substituindo a antiga feita de arame.

Assim que o corretor de imóveis lhe mostrara a casa, Stacey achou que seu charme singular era amenizado por aquela barreira moderna. Connor, conhecendo-a muito bem, a surpreendera no dia anterior com essa mudança enquanto ela estava no trabalho. Ele vivia fazendo coisas assim: descobrindo quais eram seus desejos e trabalhando para torná-los realidade. Essa era uma das muitas, muitas coisas que ela amava nele.

Enquanto observava, Justin apareceu, também sem camisa. Entregou mais um parafuso a Connor, que lhe deu a furadeira. Com uma paciência inabalável, o homem dos seus sonhos colocou os óculos de segurança nos olhos do filho dela e o ensinou a usar a furadeira elétrica. Justin terminou de perfurar o resto da madeira sozinho. Depois se afastou cheio de orgulho para admirar seu trabalho manual, suas feições jovens já se alterando.

Stacey sentiu um aperto no peito por ter que se esforçar para conter o amor que sentia. Seus olhos se encheram d'água e seu nariz começou a escorrer. Ela pegou um lenço e se forçou a respirar fundo e de forma mais regular. Se ela ficasse triste demais, seu nariz ia sangrar, um efeito colateral da infusão na mente que deixaria Connor preocupado.

Como se sentisse que estava sendo observado, Connor ergueu a cabeça e a viu ali. Ele sorriu e acenou. Recompondo-se, Stacey pisou no acelerador e se aproximou de casa, entrando na garagem e desligando o motor. Ele já estava abrindo a porta e ajudando-a a sair do carro antes que ela tivesse tempo de tirar a chave da ignição.

— Eu estava com saudade — murmurou ele, puxando-a com a força necessária para trazê-la ruborizada para perto de si. — E amo esse jaleco.

Ela riu, pensando que ele era doido, mas sentindo-se grata por ele ser desse jeito. No fundo, também se considerava um pouco doida, e era maravilhoso dividir a vida com um homem que a elogiava.

— Você fala isso para todos os meus jalecos.

— É, mas esse é o meu preferido. É sexy.

Com as sobrancelhas erguidas, ela baixou os olhos para a própria roupa.

— Estou fazendo alguma coisa errada se você acha sexy dois desenhos de cachorro.

— Ah, mas repare no jeito que a cadela está piscando para o cachorro. *Isso* é que é romance.

Stacey balançou a cabeça e o encarou, ficando excitada com o brilho sensual e carinhoso em seus olhos.

— Romance é sexy?

— Demais — murmurou ele antes de dar um beijo firme e rápido na boca de Stacey. Quando se afastou, seu olhar estava sombrio de desejo. — Não posso fazer mais do que beijar você quando Justin está por perto. Ele diz que até isso o deixa enjoado.

— Hoje à noite, você é meu — disse ela, dando um tapa na bunda dele.

— Pode apostar. — Connor a puxou pela mão para dentro de casa. — Tenho que mostrar uma coisa.

— Ah, é?

Toda vez que ele lhe "mostrava" alguma coisa, ela era surpreendida. A busca por artefatos o obrigava a viajar muito, mas ele pensava nela o tempo todo quando estava longe. Stacey sabia disso pela grande frequência com que ele ligava e pela quantidade de presentes que trazia para ela. Não tinha ideia de como fazia isso, mas ele dava um jeito de espalhar os presentes pelos cantos quando voltava para casa, mesmo que por pouco tempo. Stacey sabia que não teria uma paciência como essa, mas precisava admitir que do jeito dele era bem mais divertido.

Ele a conduziu pela sala, indo para o quarto e fechando a porta.

— E Justin? — lembrou ela, ficando excitada mesmo assim.

Uma rapidinha com Connor já deixava qualquer maratona sexual com outro homem no chinelo. Uma vez, estavam saindo para levá-lo ao aeroporto quando ele resolveu que precisava de uma despedida íntima... *de novo*. Ele largou a mala, tirou a calça e abriu o jaleco dela em meio minuto. Cinco minutos depois ela estava usando as almofadas do sofá para abafar os gemidos de orgasmo enquanto ele a fodia de forma rápida e furiosa por trás.

— Ele está esperando por mim. — O sorriso dele deixou Stacey com um frio na barriga. — Vamos terminar aquele lado da cerca antes do sol se pôr.

Connor jogou a bolsa e as chaves de Stacey na cama, então segurou a bainha da camiseta dela, tirando-a pela cabeça. Imediatamente, ele mergulhou no vale entre seus seios e ficou acariciando aquela região.

— Hum... Você está cheirosa — elogiou, e sua voz saiu abafada.

— Você é louco.

— É sério. — Ele ergueu a cabeça e arqueou uma sobrancelha. — Você e sua torta de maçã são as coisas mais cheirosas neste mundo fedido.

Rindo, ela passou os dedos pelo cabelo grosso dele.

— O mundo não é fedido.

— A quem você quer enganar? — Ele agarrou o cós da calça dela e a puxou para baixo, parando um instante para admirar sua calcinha enquanto ela tirava os tênis. — *Isso* sim é sexy.

— É melhor que desenhos de cachorro? — Piscou para ele.

Seu corpo estava em boa forma, considerando a atividade física que ele a fazia praticar quando estava em casa e o cuidado extra que ela dedicava à própria aparência enquanto ele viajava. Stacey confiava implicitamente nele, sabia que cada centímetro do seu grande coração a amava, e viu a prova do desejo e da luxúria dele reprimidos no olhar quando ele a reencontrou no aeroporto. Mas ela também nunca se esquecia de que ele tinha uma beleza de outro mundo. Era maravilhoso demais para ela, e o mínimo que Stacey podia fazer era tentar retribuir o favor.

— Talvez — disse ele, dando de ombros, com um tom de voz malicioso.

Ela abriu a boca numa afronta. Ele a contornou e abriu seu sutiã.

— Ok. — Seu sotaque ficou mais forte quando viu os seios nus dela. — *Isso* definitivamente é melhor do que desenhos de cachorro.

— Bom, já é um avanço, acho.

— Mas não *o* avanço — provocou ele, se abaixando e levando a calcinha dela junto. Connor beijou a barriga, então parou. — Venha.

Com a mão na lombar dela, Connor a levou até o banheiro. Lá ela viu que sua nova banheira, que aquecia automaticamente, estava cheia de água fervente e rodeada por velas apagadas. Em cima de uma bandeja de metal apoiada nos dois lados da banheira havia um pequeno vaso de cristal com lírios — a flor favorita dela — e uma caixa aberta com chocolates gourmet.

— Que demais!

Ela assobiou, calculando mentalmente os dias e as datas numa tentativa de se lembrar se estava se esquecendo de um aniversário ou de alguma ocasião especial. Ela estremeceu quando uma dor subiu direto para sua cabeça e no mesmo instante desistiu. Não era uma boa hora para o nariz sangrar.

Quem podia imaginar que o cérebro humano era capaz de guardar tanta informação antes de explodir? Ainda bem que tinha alguém no Crepúsculo de olho nela. O tenente Wager havia coagido o subconsciente dela a escrever um recado enquanto dormia durante uma noite em que Connor estava viajando.

Estou trabalhando nisso. Aguente aí.

P.S.: Uau! Tem um monte de coisa legal aqui.

Que seja. Stacey só se sentia melhor sabendo que tinha alguém trabalhando para ajudá-la. O que ela faria sem Wager? Connor enlouqueceria tentando consertar as coisas e ela sabia que não havia nada que ele pudesse fazer. Ter uma eternidade de informações na mente lhe permitia saber isso. Precisavam tirar os dados da cabeça dela de alguma forma e só a Elite no Crepúsculo tinha a tecnologia necessária.

— Você gostou? — perguntou Connor, radiante.

— Gostei — confirmou ela, virando-se para encará-lo e ficando na ponta dos pés para dar um beijo nele. — Qual é a ocasião?

— Essa é a surpresa.

— Não é a banheira?

— Não.

Ele deu a mão para ela e a ajudou a entrar na banheira.

Depois que ela entrou na água suspirando de prazer, Connor pegou um isqueiro que convenientemente estava ali e acendeu todas as velas. Depois beijou a testa dela e disse:

— Já volto.

Ele saiu e Stacey ficou ali deitada na banheira, tentando descobrir o que ele estava tramando. Olhou à sua volta, seu coração estava ao mesmo tempo preenchido e leve. Esticou a mão para pegar um chocolate, mas parou ao ver um papel dobrado embaixo da caixa dourada. Curiosa, pegou e o abriu.

Solicitação para Licença de Casamento.

Stacey ficou paralisada.

A parte do noivo estava nítida e claramente preenchida.

Ela suspirou devagar e com cautela, depois abriu um grande sorriso. Talvez algumas mulheres sonhassem com declarações românticas, smokings e/ou gestos grandiosos. Mas a atitude de Connor funcionava com ela, porque era de coração. Ela sabia que ele encontrava dificuldade em expressar seus sentimentos com palavras, mas não tinha problema em demonstrar como se sentia. Depois de passar a vida toda na companhia de homens com papo bom, mas sem conteúdo, ela amava ter um homem capaz de muito mais do que apenas dizer frases bonitas que não significavam nada.

Ela conseguia ouvir Connor sussurrando na varanda, provavelmente explicando alguma coisa a Justin. Stacey não cansava de admirar o prazer que Connor tinha em ensinar e sua aptidão para isso. Era uma extensão natural da consideração que ele tinha pelas pessoas. Gostava de dizer que não passava de músculos, mas na verdade ela achava que ele se resumia a um grande coração.

Suspirando de alegria, ela colocou cuidadosamente o precioso papel onde estava antes e começou a se lavar, preparando seu corpo para a longa noite de amor que sabia que teria.

— Esse sorriso sonhador significa o que estou pensando?

Virando a cabeça, ela encontrou Connor apoiado no batente da porta, com o cabelo molhado e uma toalha amarrada no quadril. Aquela visão a fez se lembrar da primeira noite que passaram juntos e seu coração acelerou. Stacey amava quando ele ficava com tanto tesão que não conseguia esperar nem mais um minuto. Pelo volume embaixo da toalha, parecia que ele estava prestes a se sentir assim.

— Esse papel significa o que estou pensando? — retrucou ela, dando uma piscadela insolente.

— Se acha que significa que eu te amo e que quero torná-la minha de todas as maneiras possíveis, então, sim, você acertou.

— Eu quero você. — O tom áspero na voz dela não deixava dúvidas sobre o que queria. Não estava conseguindo se conter. Sempre que ele dizia a palavra "amor", sua reação instintiva era um desejo de estar enroscada nele. Abraçá-lo e ser abraçada por ele. Sentir o lindo corpo dele se tensionando enquanto a fodia demoradamente com força. — Já são nove horas?

Ele abriu um sorriso lento e sensual que fez a parte inferior da barriga dela estremecer.

— Não. Mas Lyssa e Aidan acabaram de sair com Justin. Ele vai ficar com os dois essa noite. — Puxando depressa a toalha, Connor deixou seu pau magnífico à mostra. — Às nove horas você estará implorando para que eu deixe você recuperar o fôlego.

— É mesmo?

Ela lambeu os lábios quando ele se aproximou, virando-se para ficar ajoelhada.

— É mesmo — confirmou ele, se inclinando para abrir o registro e ligar os jatos d'água.

Quando Connor se mudou, eles tiveram que trocar a velha banheira por uma que acomodasse o tamanho dele. Connor vendera vários artefatos para McDougal, e com isso eles juntaram um pé-de-meia considerável. Poderiam se mudar para uma casa maior e mais moderna, mas nenhum dos dois queria. Em vez disso, preferiram arrumar aquela.

Connor entrou na banheira, mas ela o fez parar.

— Espere.

O pau dele ficou ainda mais duro, então Stacey percebeu que ele tinha entendido o que ela queria.

— Querida... — O tom sofrido na voz dele fez os mamilos dela enrijecerem. Connor *amava* quando ela fazia boquete nele. E amava ela adorar fazer. Com Connor, o ato era tão gostoso que ela se derretia de prazer.

Stacey segurou a ereção dele com as mãos encharcadas e puxou o pau ereto para baixo, na direção da sua boca. Colocou a língua para fora e contornou o buraquinho na ponta, fazendo Connor estremecer violentamente.

— Stacey — murmurou ele, ofegante, passando as mãos no cabelo molhado dela. — Assim você me mata.

Ela o olhou com travessura.

— Ainda bem que você é imortal, né?

Abrindo a boca, ela chupou a cabeça grossa, enfiando-a para dentro, depois acariciou com a língua o ponto sensível logo abaixo. As pernas fortes de Connor ficaram bambas, então ela ergueu uma das mãos e agarrou a bunda dele.

— Isso... — sussurrou Connor, mexendo o quadril com gentileza. — Sua boca é tão quente... O jeito que você lambe o meu pau...

Se ela tivesse como sorrir, teria feito isso. Amava quando ele a elogiava, o jeito que suas mãos se moviam delicadamente pelo cabelo dela, por mais que ele estivesse cheio de desejo. Ela redobrou os esforços para lhe dar prazer, chupando mais forte, cravando os dedos na bunda dele. Sua cabeça balançava enquanto ela chupava o pau pulsante, guiando-se pelos murmúrios e gemidos guturais dele. Ela o enfiou mais, até chegar no fundo da garganta.

— Caralho. Ah, porra, isso é bom demais, Stacey.

Ela recuou, lambendo-o, contornando a glande, onde tinha um pouco de esperma, antes de acariciar toda a extensão e passar a língua em cada veia pulsante. Ela segurou as bolas dele e acariciou delicadamente, depois levou o dedo mais para trás e massageou o períneo.

Ele arfou e xingou, endurecendo ainda mais. Ela gemeu de prazer, com a boceta molhada e excitada só de imaginar aquele pau grande metendo dentro dela.

— Vou gozar — avisou ele, fodendo a boca de Stacey com investidas negligentes, mas rasas, porque ele estava segurando a base do pau.

Ela podia parar para que ele a penetrasse e só então terminasse. Connor também adorava isso e não iria reclamar, mas ela queria daquele jeito. Queria senti-lo desmoronar de um jeito que só conseguia quando uma parte dele não estava focada no clímax dela. Stacey gemia para encorajá-lo, e Connor rosnou.

— Isso — murmurou ele com um forte sotaque. — Chupe meu pau, docinho. Me faça gozar. Estou quase lá... *Porra*... Assim... *Stacey!*

Connor gozou um jato forte e denso, e seus gemidos roucos de alívio preencheram o banheiro com uma música sensual que ela nunca se cansaria de ouvir. Tirou o pau da boca de Stacey e a levantou, direcionando o sêmen para o peito dela, antes de posicioná-la na beirada da banheira e meter em sua boceta ávida e apertada.

Ela gritou de susto e prazer. Senti-lo pulsando dentro dela era delicioso. Ele a envolveu com seu grande corpo e encostou a testa suada na curva do pescoço dela.

— Eu te amo.

— Connor. — Stacey o abraçou. — Eu te amo também, baby.

Encostando-se nela, o peito dele se contraiu, depois estremeceu com força quando ele riu.

— Sou séculos mais velho que você, docinho.

— É só modo de falar — murmurou ela, lambendo os lábios dele para sentir seu gosto.

— Aprendi muito nesses anos todos — comentou ele, empertigando-se e mexendo o quadril. Ela arfou quando ondas de puro calor se alastraram de onde ele a acariciava. — Como isso, por exemplo.

Ele se afastou, depois meteu só a cabeça do pau. Em seguida, tirou de novo e enfiou fundo. Stacey estremeceu e escorregou na borda molhada da banheira. Connor sorriu e segurou o quadril dela com as mãos.

— Está bom assim?

Mexendo-se para dentro e para fora, ele fodeu a boceta dela, dando investidas de deixar sem fôlego, sabendo exatamente onde concentrar seus esforços para fazê-la implorar. Ele usava a extensão aquecida de seu pau duro como uma rocha para marcá-la de dentro para fora. Não havia diminuído nada depois do primeiro orgasmo. O homem tinha uma energia inacreditável. Felizmente, havia encontrado a garota certa, porque ela acatava tudo o que ele tinha e queria...

— ... mais —incitou ela, com as unhas cravadas na pele dele.

— Mas você está tão apertada... Acho que não consegue aguentar mais de mim. — Seu sorriso era de pura satisfação masculina.

Stacey contraiu o máximo que pôde só para observar os olhos dele escurecerem e as bochechas corarem.

— Eu aguento, grandão.

Ele a empurrou e colocou uma mão de cada lado dela.

— Não tenho muita firmeza com os pés dentro de uma banheira quente cheia de espuma.

— Desculpas, desculpas. — Ela colocou as mãos para trás e envolveu sua cintura com as pernas. — Para nossa sorte, andei malhando.

Contraindo os músculos da coxa, ela levantou a bunda, escorregando sozinha no pau dele.

— Caralho. — Ele respirou fundo, seu abdômen trincando. — Isso é muito bom.

Ela fez beicinho.

— Quero gozar.

— Seu desejo é uma ordem.

Colocando a mão entre os dois, Connor posicionou o polegar sobre o clitóris dela e deu investidas lentas e rasas com seu pau. Circulando. Esfregando.

— Isso — sussurrou ela, curtindo a sensação de ser esticada para abranger o pau dele. — Ah, nossa, isso!

O clímax fez o corpo inteiro dela estremecer e como ele sempre fazia, sussurrou palavras safadas de encorajamento para fazer o orgasmo dela durar mais.

— É muito linda essa bocetinha doce roçando no meu pau. — Connor continuou estocando. — Vou colocar você na cama e foder do jeito que eu quero. Fundo e com força.

— Faça isso — choramingou ela, agarrando-se a ele enquanto seu corpo se dissolvia em êxtase.

Como eles chegaram na cama, ela nunca saberia. Só se lembrava de se aconchegar no peitoral musculoso dele, de um coração batendo acelerado em seu ouvido, e de sentir algo macio e frio nas suas costas úmidas quando ele a deitou na cama cheia de pétalas de rosa.

— Case-se comigo — disse ele, colocando um anel de esmeralda no dedo dela. — Deixe eu te amar para sempre.

— Sim.

Ela deu um gritinho suave, curvando-se embaixo de Connor enquanto ele a penetrava, unindo seus corpos.

Deixando-os fortes. Juntos.

Glossário

Chōzuya: uma fonte na entrada do *jinja* (santuário xintoísta), na qual os convidados se limpam, com o auxílio de conchas, antes de entrarem no complexo principal do templo.

Haiden: única parte de um templo xintoísta que, em geral, é aberta ao público.

Honden: nos santuários xintoístas, é a área mais sagrada. Geralmente fica fechada ao público.

Esclera: é comumente conhecida como "a parte branca do olho".

Shoji: na arquitetura tradicional japonesa, um *shoji* é uma divisória ou porta feita de papel de *washi* (arroz) por cima de uma moldura de madeira. Portas *shoji* foram feitas para serem deixadas abertas, ou dobradas pela metade, para poupar o espaço ocupado por uma porta tradicional do Ocidente.

Taza: uma xícara.

Portal torii: entrada para o santuário xintoísta, o *torii* designa um solo sagrado. O portal marca a divisão entre os mundos físico e espiritual.

Agradecimentos

Agradeço à minha sócia, Annette McCleave (www.AnnetteMcCleave.com), que me ajudou a encontrar o foco do começo deste livro.

Quero mandar abraços aos fabulosos autores e queridos amigos Renee Luke, Sasha White e Jordan Summers, que estavam do outro lado da tela do computador quando eu precisei de alguém que me ouvisse, consolasse ou desse um leve empurrãozinho.

À minha irmã, Samara Day, que aguenta tanto a mim quanto a minha aversão de falar ao telefone. Você é uma das maiores preciosidades da minha vida, Sam. Amo você do fundo do coração desde o dia em que nasceu. À medida que foi se tornando uma mulher, passei a admirá-la, respeitá-la e amá-la mais ainda. Você é uma bênção pela qual sou grata todos os dias.

1ª edição	*Março de 2016*
papel de miolo	*Pólen Soft 70g/m²*
papel de capa	*Cartão Supremo 250g/m²*
tipografia	*Sabon MT*
gráfica	*Lis Gráfica*